처음으로 만나는

이현세
그림

삼국지

② 모여드는 영웅들

녹색지팡이

제갈량

유비의 삼고초려 끝에 세상에 나온다. 남보다 앞서는 꾀와 작전으로 주유가 적벽에서 조조의 대군과 싸우게 만들고, 촉나라가 세워진 뒤 승상이 된다.

장비

성격이 불같고 술버릇이 고약하지만 의리는 한결같다. 장팔사모를 잘 쓰며 관우만큼 무예가 뛰어나다.

관우

팔십 근이나 되는 청룡도를 잘 다루고 무예가 뛰어나다. 성격 또한 사려 깊어서 조조가 무척 탐내는 장수다. 유비, 장비의 의형제로 죽을 때까지 의리를 저버리지 않는다.

유비

한나라 황제의 먼 친척으로 관우, 장비와 의형제를 맺고 황건적을 물리친다. 마음이 어질어 백성이 늘 따른다. 제갈량을 만나 힘을 키워 촉나라를 세운 뒤 황제의 자리에 오른다.

여포

양아버지 정원을 죽이고
동탁 밑에 들어간다.
무예가 뛰어나지만
눈앞의 이익에만
매달려 믿음과 의리를
자주 저버린다.

주유

손권의 유능한 장수로서
강동의 군사를 총지휘한다.
적벽대전에서 제갈량과
함께 조조를 물리쳐
큰 공을 세운다.

손권

손견의 둘째아들로
성격이 너그럽고 주유,
노숙, 육손 등 아랫사람의
말을 귀담아 잘 듣는다.
유비, 조조와 함께 천하를
셋으로 나누고 오나라의
황제가 된다.

조조

상황 판단이 빠르고, 휘하에 뛰어난 장수와 참모가 많다.
원소, 여포 같은 호걸들을 물리치며 어지러운
한나라에서 가장 먼저 세력을 키운다.

조운 | 유비의 아들을 두 번이나 구하는 촉의 충성스런 장수

황충 | 촉의 오호대장군. 활을 잘 쏘기로 유명하다.

마초 | 충신 마등의 큰아들. 촉의 오호대장군이 된다.

방통 | 적벽대전에서 연환계로 조조를 패배시킨 지략가

위연 | 촉의 장수. 제갈량이 죽은 뒤 배신을 꾀한다.

유선 | 유비의 아들. 촉을 멸망의 길로 이끄는 장본인

강유 | 제갈량의 수제자. 제갈량이 죽자 촉의 대장군이 된다.

하후돈 | 조조가 아끼는 장수. 싸움에서 한 쪽 눈을 잃는다.

장요 | 여포의 부하였으나 여포가 죽자 조조의 편이 된다.

사마의 | 위나라의 참모. 제갈량의 라이벌이다.

등애 | 위나라의 명장. 촉의 강유와 대립한다.

손견 | 손권과 손책의 아버지. '강동의 호랑이'로 불린다.

노숙 | 손권이 스승처럼 따르는 오나라의 참모

동탁 | 어린 황제를 죽이고 조정을 장악하는 간신

원술 | 원소의 동생으로 모든 일에 욕심이 많다.

차 례

■ 등장인물

1장 뿔뿔이 흩어진 형제 7

2장 다섯 번의 고비 34

3장 커져 가는 조조의 힘 57

4장 유비의 삼고초려 78

5장 쫓고 쫓기는 용 110

6장 제갈량의 세 치 혀 141

7장 전쟁의 기운 163

■ 삼국지 지식in

■ 인물 관계도

조조와의 싸움에서 크게 진 유비 형제는
뿔뿔이 흩어졌다가 마침내 다시 만나게 됩니다.
발 디딜 땅 하나 없던 유비는
삼고초려 끝에 제갈량을 만나 큰 뜻을
펼치기 시작하는데……

뿔뿔이 흩어진 형제

유비가 허도에서 지낸 지도 여러 해가 지났습니다. 유비는 채소를 가꾸며 조용히 지냈지만 조조를 물리칠 생각으로 가득 차 있었습니다.

한편, 조조는 늘 유비가 두려웠습니다.

'유비에게는 용맹한 두 아우가 있고, 믿고 따르는 백성도 많아. 유비를 어쩌지?'

조조는 유비의 마음을 떠보기 위해 유비를 불렀습니다. 두 사람이 마주 앉아 있는데 갑자기 하늘에 검은 비구름이 몰려왔습니다.

그것을 보고 조조가 물었습니다.

"저 하늘이 꼭 어지러운 한나라 같구려. 한나라를 두고 여러 영웅들이 싸우고 있으니 말이오. 하지만 그 사람들은 모두 허수아비요. 진짜 영웅은 바로 이 자리에 있소."

조조는 유비를 가리킨 다음 자기를 가리켰습니다.

"진짜 영웅은 유황숙과 나 조조뿐이오. 그렇지 않소?"

이 말에 놀란 유비가 젓가락을 떨어뜨렸습니다. 그때 마침 요란한 천둥이 울렸습니다. 유비는 조조가 속마음을 떠보는 것을 눈치채고 이렇게 대꾸했습니다.

"제가 천둥소리에 놀라 젓가락을 떨어뜨렸습니다."

"대장부가 겨우 천둥소리에 놀란단 말이오? 하하하!"

조조는 유비를 천둥소리에도 놀라는 졸장부로 생각하고 더 이상 두려워하지 않았습니다.

어느 날, 조조와 유비가 술을 마시고 있는데 부하가 놀라운 소식을 가지고 왔습니다.

"공손찬이 원소에게 크게 지고 자살했다고 합니다. 그래서 원술이 자기 형 원소에게 황제 자리를 내준다고 합니다. 원소에게 옥새도 바치기로 했다고 합니다."

유비는 친형처럼 믿고 따르던 공손찬이 죽었다는 소식을 듣고 몹시 마음이 아팠습니다.

'이 기회에 조조에게서 벗어나 힘을 길러야겠어.'

유비는 조심스럽게 조조에게 말했습니다.

"원술이 원소에게 가려면 반드시 서주를 지나야 합니다. 제가 서주로 가서 원술을 무찌르겠습니다."

조조가 오만의 군사를 주자 유비는 서둘러 서주로 떠났습니다.

"형님, 왜 이토록 서두르십니까?"

관우와 장비가 물었습니다.

"그동안 내 신세는 새장 안에 갇힌 새였다. 이제야 새가 하늘로 날아가는데 어찌 서두르지 않겠느냐? 이제 다시는 허도로 돌아가지 않겠다."

유비는 단호하게 대답하며 서주로 달려갔습니다.

유비가 서주성에 도착하니 차주가 마중 나와 있었습니다. 차주는 조조의 충직한 부하입니다. 성안으로 들어서자마자 유비가 차주에게 말했습니다.

"내가 원술을 무찌르려고 왔으니 아무 염려 마시오."

유비 형제는 곧장 군사를 이끌고 나가 단 한 번 싸움으로 원술을 크게 이겼습니다. 원술은 정신없이 도망쳤고 군사들은 사방으로 흩어졌습니다. 원술은 남은 군사를 이끌고 이리저리 도망 다녔습니다.

　그러다 보니 양식도 떨어지고 보리만 조금 남았습니다. 부하들이 보리로 밥을 지어 원술에게 가져다주었습니다. 그동안 편하게 살던 원술은 처음으로 먹는 보리밥이 목에 넘어가지 않았습니다. 원술은 부하를 불러 꿀물을 가져오라고 했습니다.

　부하가 이 말을 듣고 어이없는 표정으로 대꾸했습니다.

　"장군, 지금 꿀물이 어디 있소? 마실 거라곤 핏물뿐이오."

　"이, 이놈이!"

　원술은 소리를 지르다가 갑자기 털썩 쓰러지더니 다시는 일어나지 못했습니다. 너무 분하고 원통해서 목이 막혀 죽은 것입니다. 한때 이름을 날리던 원술은 이렇게 허무하게 죽었습니다. 이때 원술의 부하가 옥새를 훔쳐 조조에게 바쳤습니다.

　"이게 웬 떡이냐! 드디어 옥새가 내 손에 들어왔구나."

　조조는 옥새를 쥐고 기뻐서 어쩔 줄을 몰랐습니다.

　유비는 원술이 죽고 나서도 서주에 머물렀습니다. 조조에게는 허도로 돌아가지 않겠다는 편지를 보냈습니다.

　조조는 유비의 편지를 받고 펄쩍 뛰었습니다.

"내가 그토록 잘해 주었는데 유비 그놈이 나를 배신해? 당장 차주에게 유비를 죽이라고 해라!"

차주는 조조의 편지를 받고 유비를 죽일 기회를 엿보았습니다. 하지만 관우가 이 사실을 미리 알고 차주를 한칼에 베었습니다.

유비는 뒤늦게 차주가 죽었다는 소식을 들었습니다.

"큰일이로구나. 조조가 가만히 있지 않을 텐데."

유비가 걱정하자 진등이 말했습니다.

"북쪽에 있는 원소를 조조와 싸우게 하면 됩니다."

원소는 북쪽 하북 지방에서 가장 힘 있는 장군으로, 거느리는 군사가 백만이 넘었습니다. 원소도 조조처럼 황제가 되고 싶은 욕심이 있어 조조와는 사이가 좋지 않았습니다. 그것을 잘 아는 유비는 원소에게 조조를 물리쳐 달라는 편지를 보냈습니다.

유비의 편지를 받은 원소는 삼십만 대군을 이끌고 허도로 향했습니다. 이 소식을 들은 조조는 이십만 군사를 거느리고 원소와 싸우러 나갔습니다. 그러다 갑자기 서주에 있는 유비 때문에 걱정이 되었습니다.

'내가 허도를 비우면 유비가 쳐들어오겠지?'

조조는 부하 유대와 왕충을 불러 오만의 군사를 서주로 보냈습니다.

한편, 조조의 군사는 원소의 군사와 맞닥뜨렸습니다. 하지만 서로 두려워서 싸우지 않고 여러 달을 보냈고 조조는 몰래 허도로 돌아갔습니다.

조조는 서주에 이른 유대와 왕충에게 명령했습니다.

"내가 서주에 있는 것처럼 속여 유비에게 겁을 주어라."

유대와 왕충은 조조의 이름이 쓰인 깃발을 높이 세웠습니다.

유비가 두 아우에게 말했습니다.

"조조가 정말로 저기 있는지 누가 가서 알아오너라."

그러자 관우가 삼천 군사를 거느리고 달려 나갔습니다.

"승상이 거기 있으면 당장 나와 겨루자!"

관우의 목소리가 얼마나 큰지 하늘과 땅이 울렸습니다. 곧 왕충이 나와 관우에게 달려들었습니다.

눈보라 속에서 서로 무기를 휘두르다가 관우가 왕충을 한 팔에 붙들었습니다. 관우는 왕충을 옆구리에 끼고 유비에게 데려갔습니다.

그러자 장비가 앞으로 나서며 말했습니다.

“형님이 왕충을 잡아 왔으니 나는 유대를 잡아 오겠소.”

하지만 왕충이 붙잡혀 가자 조조의 군사는 겁을 먹고 싸우러 나오지 않았습니다. 장비는 속이 부글부글 끓었습니다. 그러다가 유대를 사로잡을 꾀를 생각해 냈습니다.

마침 장비의 부하 가운데 큰 죄를 진 사람이 있었습니다. 그날 장비는 일부러 술을 잔뜩 마시고 취한 체했습니다. 그리고 죄인을 불러 곤장을 치며 호통쳤습니다.

“오늘 밤 우리는 적의 진지로 쳐들어간다. 그때 네놈의 목을 베어 하늘에 제사를 지내겠다.”

죄를 진 병사는 잔뜩 겁을 먹었습니다. 장비는 그 병사를 묶지도 않고 문도 잠그지 않은 채 옥에 가두었습니다. 일부러 병사가 도망치도록 한 것입니다. 장비의 생각대로 병사는 유대에게 도망쳐서 모든 것을 일러바쳤습니다.

‘오늘 밤 장비가 쳐들어온다니 준비를 해야겠구나.’

유대는 진지 밖에 숨어 장비가 오기를 기다렸습니다.

밤이 되자 장비의 군사가 쳐들어왔습니다. 그러자 숨어 있던 유대의 군사가 포위하며 달려들었습니다. 하지만 다시 뒤에서 장비의 군사가 달려들었습니다. 오히려 유대의 군사가 앞뒤로 포위당한 것입니다.

장비는 눈 깜짝할 사이에 유대를 항복시켜 유비에게 데리고 갔습니다.

"힘만 믿던 장비가 이제 꾀까지 쓸 줄 아는구나."

유비는 껄껄 웃으며 유대와 왕충을 묶은 밧줄을 풀어 주었습니다.

"나는 승상과 싸우고 싶은 마음이 없소. 두 사람은 돌아가 승상께 내 뜻을 전하시오."

왕충과 유대가 머리를 숙이며 고마워했습니다.

유비는 서주 군사를 세 무리로 나누었습니다. 관우에게는 하비성을, 미축과 손건에게는 서주성을 지키게 했습니다. 그리고 자신과 장비는 소패성을 지키기로 했습니다. 유비가 군사를 셋으로 나누어 서주를 지키자 서주 백성들은 마음 놓고 지낼 수 있었습니다.

조조는 왕충과 유대가 지고 돌아오자 몹시 화가 나서 직접 군사를 이끌고 서주를 치려고 했습니다. 그러나 아랫사람들이 반대했습니다.

"지금은 추운 겨울이니 봄까지 기다리십시오. 그리고 우리가 허도를 비우면 원소가 쳐들어올 것입니다."

조조는 이를 갈며 참을 수밖에 없었습니다.

이 무렵, 동승은 늘 조조를 몰아낼 기회를 엿보고 있었습니다. 하지만 유비가 서주로 떠나 도무지 기회가 없었습니다. 동승은 걱정에 사로잡혀 그만 병이 나고 말았습니다.

황제는 태의 길평을 보내 동승을 돌보게 했습니다. 태의란 황제의 건강을 돌보는 의사입니다. 길평이 정성을 다했지만 동승의 병은 조금도 나아지지 않았습니다.

어느 날 태의 길평이 동승에게 나직이 말했습니다.

"역적 조조 때문에 잠을 이루지 못하시는군요."

이 말에 동승은 깜짝 놀랐습니다.

"놀라지 마십시오. 저는 미천한 의원이지만 폐하의 은혜를 잊은 적이 없습니다."

동승이 길평에게 피로 쓴 황제의 비밀 편지를 보여 주자 길평은 뜨거운 눈물을 흘리며 말했습니다.

"저에게 좋은 생각이 있습니다. 조조에게는 머리 아픈 병이 있습니다. 머리가 아플 때마다 저를 불러 약을 지어 먹는데, 그 약에 독을 타면 됩니다."

그런데 동승의 하인이 이 이야기를 몰래 엿들었습니다. 하인은 돈에 눈이 멀어 조조에게 이를 모두 일러바쳤습니다. 동승이 여러 장군과 맹세한 일까지도 모두 말했습니다.

다음 날, 조조는 길평에게 약을 지어 오라고 했습니다.
길평은 독을 탄 약을 가지고 조조를 찾아갔습니다.

"승상, 약이 식기 전에 어서 드십시오."

그러자 조조가 씩 웃으며 말했습니다.

"네가 먼저 먹어 보아라."

이 말에 길평은 일이 잘못된 것을 깨달았습니다. 그때 조조가 약그릇을 내리쳤습니다.

"천한 의원 놈이 감히 나를 죽이려 하다니. 누가 나를 죽이라고 시켰느냐? 솔직히 말하면 용서해 주마."

길평은 눈 하나 깜짝하지 않고 조조를 꾸짖었습니다.

"이 역적아, 하늘이 너를 죽이라고 시켰다. 하지만 뜻을 이루지 못했으니 오직 죽음만이 있을 뿐이다."

"당장 저놈의 혀를 잘라 버려라!"

"승상, 나를 풀어 주면 모든 일을 사실대로 말하겠소."

"이제야 정신을 차리는구나. 어서 밧줄을 풀어 줘라."

길평은 밧줄이 풀리자 대궐을 향해 절을 올렸습니다.

"폐하, 역적을 죽이려다 실패한 저를 용서하십시오!"

이 말을 마치고 길평은 섬돌에 머리를 부딪쳐 죽고 말았습니다. 길평이 죽자 조조는 더욱 분해서 펄펄 뛰었습니다.

"당장 동승의 무리를 끌고 오너라!"

조조의 부하들이 동승과 네 장군을 잡아 왔습니다. 조조는 피로 쓴 황제의 편지를 읽었습니다. 또 동승과 여섯 사람이 이름을 쓰고 맹세한 비단 천도 보았습니다.

그날 동승과 충신들은 모두 죽임을 당했습니다. 이제 맹세한 충신들 중 살아남은 사람은 유비와 서량 태수 마등뿐이었습니다. 두 사람은 죽음을 면했지만 조조의 미움을 사게 되었습니다.

어느새 추운 겨울이 가고 봄이 찾아왔습니다.

"봄이 왔으니 이제 유비를 물리치러 가자."

조조는 이십만 대군을 거느리고 서주로 쳐들어갔습니다. 유비가 이 소식을 듣고 걱정하자 장비가 큰소리쳤습니다.

"조조의 군사는 먼 길을 오느라 지칠대로 지쳤을 거요. 우리가 밤중에 먼저 공격하면 분명 이길 수 있소."

유비는 장비의 말이 옳다고 여겼습니다. 그래서 군사를 둘로 나누어 조조의 군사를 공격하기로 했습니다.

마침내 조조의 군사는 소패성 근처에 이르렀습니다.

그때 갑자기 거센 바람이 불어 깃대 하나가 뚝 부러졌습니다.

"깃발이 부러지다니 아무래도 꺼림칙하다."

"아무래도 오늘 밤 적이 쳐들어올 것 같습니다."

아랫사람 순욱이 조심스레 말했습니다.

"그러면 미리 군사를 숨겨 두고 적을 막기로 하자."

그날 밤, 장비가 군사를 거느리고 조조의 진지로 쳐들어 갔습니다. 장비는 고함을 지르며 진지 안으로 뛰어들었습니다. 그런데 진지는 텅 비어 있었습니다.

"이게 뭐야?"

장비가 놀라 두리번거리고 있는데, 갑자기 사방에서 천둥 같은 함성이 일어났습니다.

"장비야, 허저의 창을 받아라!"

"여기 장요도 있다!"

"서황도 너를 기다리고 있었다!"

어둠 속에서 조조의 장수들이 달려 나왔습니다. 장비는 놀라서 이리저리 길을 찾았지만 그대로 포위되고 말았습니다. 병사들은 겁을 먹고 너도나도 항복했습니다. 장비는 온 힘을 다해 적을 뚫고 산속으로 도망쳤습니다.

그때 유비도 다른 쪽에서 조조를 공격하려다 장비처럼 꼼짝없이 포위되고 말았습니다. 조조의 속임수에 걸려든

22

것을 깨달은 유비는 서둘러 달아났습니다.

"유비야, 어디로 도망치느냐!"

조조의 장수들이 뒤쫓았습니다. 유비가 돌아보니 자기를 따르는 부하는 한 사람도 없었습니다.

'이제 어디로 가야 하나……. 아우들은 모두 어찌 되었을까?'

어둠 속에서 망설이던 유비는 원소가 떠올랐습니다.

'그래, 우선 원소에게 가서 몸을 피하자.'

유비는 북쪽을 향해 말을 달렸습니다.

그 사이 조조는 소패성과 서주성을 빼앗았습니다. 이제 관우가 지키는 하비성만 남았습니다. 조조는 부하들에게 말했습니다.

"나는 옛날부터 용맹한 관우를 부하로 만들고 싶었소. 지금이 기회이니 내가 시키는 대로만 하시오."

조조는 항복한 유비의 병사들을 불러 모았습니다.

"너희는 나를 피해 도망친 척하고 하비성으로 가라. 나중에 큰 상을 내리겠다."

조조의 명을 받은 병사들은 하비성 앞에 몰려가 외쳤습니다.

"관우 장군님, 우리는 조조에게서 도망쳐 오는 길입니다. 성문을 열어 주십시오."

관우는 아무런 의심 없이 성문을 열어 병사들을 받아들였습니다.

이번에는 조조가 부하 하후돈에게 명령을 내렸습니다.

"너는 관우를 속여서 하비성 밖으로 멀리 끌어내라."

하후돈은 하비성 앞에서 마구 욕을 퍼부으며 관우에게 싸움을 걸었습니다. 화가 난 관우가 성문을 열고 말을 몰아 달려 나왔습니다. 하후돈은 관우와 싸우다가 갑자기 말을 돌려 달아나기 시작했습니다.

"어디로 도망가느냐!"

관우가 소리치며 하후돈을 뒤쫓았습니다. 하후돈은 세차게 말을 몰아 수십 리를 도망쳤습니다. 뒤쫓던 관우는 문득 자신이 너무 멀리 온 것을 깨닫고 말을 멈췄습니다. 게다가 하비성 안에는 유비의 가족이 있었습니다. 관우가 화를 참고 말을 돌려 세우는데 조조의 병사들이 쏘는 화살이 하늘을 뒤덮으며 날아왔습니다.

"내가 하후돈에게 속았구나!"

관우는 군사를 이끌고 이리저리 도망쳤습니다. 그러다

날이 어두워졌습니다.

멀리 하비성에서는 요란한 함성이 치솟았습니다. 병사들이 성문을 열고 조조에게 항복한 것입니다. 관우는 가슴을 치며 안타까워했습니다.

그날 밤 관우는 병사들과 함께 산속에서 밤을 새웠습니다. 조조의 군사가 산을 겹겹으로 포위하고 있었기 때문입니다.

"형님 가족은 사로잡히고 나는 포위되었구나!"

그때 한 사람이 말을 타고 달려오며 관우를 불렀습니다. 조조의 부하 장요였습니다.

"그대는 장요가 아니오? 나와 싸우러 왔소?"

관우가 험악한 얼굴로 청룡도를 집어들자 장요가 미소를 지었습니다.

"제가 장군을 구해 주려고 합니다."

이 말에 관우는 버럭 화를 냈습니다.

"나를 설득하려고 하지 마시오! 나는 차라리 조조와 싸우다 죽겠소."

"장군께서 죽으면 유황숙의 가족은 어찌 되겠습니까? 황숙의 가족을 지키지 못하면 장군은 황숙에게 큰 죄를 짓게

되는 것입니다."

장요의 말에 관우는 입을 다물었습니다. 그리고 한참 뒤 말했습니다.

"좋소, 항복하지요. 하지만 세 가지 조건이 있소이다. 조조에게 가서 전하시오. 첫째, 나는 조조에게 항복하는 것이 아니라 황제 폐하께 항복하는 것이오. 둘째, 내 형님의 가족을 조금도 해치지 말아야 하오. 셋째, 형님이 계신 곳을 알게 되면 언제든지 떠날 수 있게 해 주시오."

장요는 조조에게 돌아가서 관우의 말을 전했습니다. 조조는 매우 기뻐하며 말했습니다.

"세 가지 조건을 모두 들어주겠다고 전해라."

이렇게 되어 관우와 병사들은 조조가 있는 하비성으로 들어가게 되었습니다. 조조는 성문까지 나와서 기쁜 얼굴로 관우를 맞았습니다.

"목숨을 살려 주셔서 감사합니다. 승상께서는 부디 세 가지 약속을 잊지 마십시오."

"사내대장부가 어찌 약속을 어기겠소. 그 부분에 대해서는 염려를 놓으시오."

조조는 성대한 잔치를 벌여 정성을 다해 관우를 대접했

습니다.

'내가 잘 대해 주면 언젠가는 유비를 잊고 나를 따르게 되겠지.'

조조는 이렇게 믿으며 관우를 데리고 허도로 돌아갔습니다. 조조는 하루빨리 관우의 마음을 자신에게 돌리고 싶었습니다. 그래서 관우에게 높은 벼슬도 주고 금은보석과 하인들도 보냈습니다. 하지만 관우는 모든 것을 유비의 가족에게 바쳤습니다.

어느 날, 조조는 관우의 옷이 아주 낡은 것을 보고 귀한 비단으로 옷을 지어 관우에게 보냈습니다. 그런데 관우는 새 옷은 속에 입고 낡은 옷을 겉에 입은 채로 나타났습니다. 조조가 그 이유를 묻자 관우가 대답했습니다.

"이 옷은 유비 형님께서 주신 것입니다. 이걸 입고 있으면 형님을 만난 것처럼 좋습니다."

조조는 몹시 감탄하면서도 유비만 생각하는 관우가 얄미웠습니다.

얼마 뒤 조조는 관우의 말이 여윈 것을 보고 여포가 타던 적토마를 선물했습니다. 적토마를 선물로 받은 관우가 너무 좋아하자 조조가 물었습니다.

"그동안 하사한 금은보석은 쳐다보지도 않았으면서 어찌 말 한 필에 그리 기뻐한단 말이오. 적토마가 그렇게도 좋소?"

　"적토마는 하루에 천 리를 가는 말이니, 형님이 계신 곳을 알면 하루라도 빨리 찾아갈 수 있지 않겠습니까?"

　조조는 피를 나눈 형제보다 더한 유비와 관우의 우애에 다시 한 번 감탄했습니다.

다섯 번의 고비

"제가 갈 곳이 없어 장군께 도움을 받으러 왔습니다."

유비는 원소를 보자 부끄러웠습니다. 하지만 원소는 유비를 반기며 말했습니다.

"잘 오셨소. 유황숙 같은 영웅을 다시 만나니 반갑소."

유비는 다시 남에게 신세를 지는 처지가 되었습니다.

봄빛이 짙어가던 어느 날, 원소가 유비를 불렀습니다.

"날씨가 따뜻해졌으니 이제 조조를 무찌릅시다."

유비도 고개를 끄덕였습니다. 그러나 원소의 아랫사람 중 꾀가 많고 영리한 전풍이 반대했습니다.

"지금 조조의 군사는 사기가 높아 함부로 싸우면 안 됩니다. 제 말을 듣지 않으면 크게 질 것입니다."

"뭣이라고! 이놈이 어디서 입을 함부로 놀리느냐!"

화가 난 원소는 전풍을 감옥에 가두어 버렸습니다. 성미가 급한 원소는 모든 일을 자기 뜻대로 했습니다. 또 아랫사람의 말은 듣지 않고 자기만 잘났다고 여겼습니다.

원소는 부하 안량을 대장으로 삼아 전쟁터에 내보냈습니다. 이 소식을 들은 조조도 군사를 거느리고 나왔습니다.

"누가 안량과 싸워 보겠느냐?"

"제가 나가겠습니다!"

한 장수가 창을 들고 달려 나갔습니다. 얼마 지나지 않아서 안량이 긴 칼로 조조의 장수를 베었습니다. 다시 한 장수가 안량에게 덤벼들었습니다. 그러나 그 장수도 안량의 칼을 맞고 쓰러졌습니다. 조조는 슬슬 화가 나기 시작했습니다. 그때였습니다.

"제가 저놈을 베고 오겠습니다."

조조가 돌아보니 관우가 적토마에 올라 청룡도를 들고 있었습니다. 관우는 눈을 부릅뜨고 안량을 향해 힘차게 말을 몰았습니다. 적토마가 붉은 갈기를 휘날리며 바람처럼

달렸습니다.

원소의 병사들이 놀라서 양쪽으로 쫙 갈라졌습니다. 관우는 그대로 안량에게 달려들었습니다. 안량이 뭐라고 입을 열기도 전에 적토마가 안량의 옆을 스쳤고, 관우는 재빠르게 칼을 휘둘렀습니다.

"아악!"

안량은 입을 벌린 채 말에서 떨어졌습니다. 관우는 그대로 말을 몰아 원소의 병사들 사이로 뛰어들었습니다. 관우가 휘두르는 칼에 수없이 많은 적이 쓰러졌습니다.

조조가 이 모습을 보고 공격을 명령했습니다. 조조의 군사가 한꺼번에 달려들자 원소의 군사는 크게 패하고 도망쳤습니다.

싸움에서 이긴 뒤, 조조는 관우를 칭찬했습니다.

"장군의 칼 솜씨는 역시 놀랍소. 천하에 장군을 당할 자가 어디 있겠소?"

조조는 관우에게 높은 벼슬과 장군 도장을 내렸습니다.

원소는 안량이 죽었다는 소식을 듣고 깜짝 놀랐습니다.

"안량 같은 용맹한 장수를 죽인 사람이 누구냐?"

"수염이 매우 길고, 아주 긴 칼을 쓰는 장수였습니다."

"당장 그놈을 죽여서 안량의 원수를 갚아야겠다."

원소는 이번에는 문추라는 장수를 내보내기로 했습니다. 이때 유비가 곁에서 듣고 있다가 깜짝 놀랐습니다.

'수염이 길고 긴 칼을 쓴다면, 혹시 관우가 아닐까?'

유비가 얼른 나서며 말했습니다.

"나도 장군을 돕고 싶습니다."

유비는 원소에게 보답도 하고 관우의 소식도 알아보고 싶었습니다. 원소도 기뻐하며 허락했습니다.

문추가 앞장서고, 유비가 그 뒤를 따랐습니다. 조조가 이 소식을 듣고 병사들에게 명령을 내렸습니다.

"군량과 말먹이를 앞장세우고 병사들은 그 뒤를 따르라! 그리고 나머지 병사들은 언덕 위에 올라가서 갑옷을 벗고 쉬어라!"

부하들은 고개를 갸웃거리며 이상하다고 생각했지만 시키는 대로 했습니다. 얼마 뒤 문추가 이끄는 원소의 군사가 나타나 그 광경을 보고 비웃었습니다.

"조조는 싸움을 할 줄 모르는구나. 얼른 군량과 말먹이를 빼앗자."

원소의 병사들은 군량을 많이 빼앗으려고 무기까지 버

리고 달려들었습니다. 그때 조조가 병사들을 향해 소리쳤습니다.

"얼른 갑옷을 입고 적을 공격하라!"

오랫동안 쉰 조조의 병사들은 힘이 솟아 언덕 아래로 달려갔습니다. 놀란 원소의 병사들은 도망치느라 서로 밀고 짓밟았습니다. 문추도 혼자서 도망쳤습니다. 이때 적토마를 탄 관우가 문추에게 달려들었습니다.

"이얏!"

관우는 청룡도를 들어 문추의 뒤통수를 내리쳤습니다. 유비가 멀리서 이 모습을 지켜보고 있었습니다.

'아아, 나와 관우가 서로 적이 되다니······.'

유비는 하늘을 원망하면서도 아우가 살아 있어 다행이라는 생각이 들었습니다.

원소의 군사를 크게 물리친 관우는 허도로 돌아가며 생각했습니다.

'언제까지 조조를 위해서 싸워야 하나? 이번 싸움으로 그동안 진 빚도 갚았으니 형님을 찾아야 할 텐데······.'

그러던 어느 날, 한 사람이 몰래 관우를 찾아와 편지를 내밀었습니다. 유비가 보낸 편지였습니다.

그리운 아우!

아우는 우리가 복숭아밭에서 한 맹세를 잊었는가? 어찌하여 역적 조조를 돕는단 말인가? 만약 아우가 벼슬이 좋다면 나를 잡아 조조에게 바쳐도 좋네. 하지만 그렇지 않다면 어서 내게로 오게나. 우리가 만날 날을 손꼽아 기다리겠네.

관우는 편지를 읽고 눈물을 흘렸습니다.

"제가 한낱 벼슬 때문에 복숭아밭에서 한 맹세를 저버리겠습니까? 이제 형님 계신 곳을 알았으니 당장 달려가겠습니다."

관우는 하루빨리 유비에게 가고 싶었습니다. 그러나 조조 몰래 가고 싶지는 않았습니다.

관우는 작별 인사를 하려고 조조를 찾아갔습니다. 하지만 벌써 이 소식을 들은 조조는 병을 핑계로 만나 주지 않았습니다. 몇 차례나 더 찾아갔지만 끝내 만날 수 없었습니다.

'조조가 나를 보내지 않으려고 아픈 척하는구나.'

관우는 하는 수 없이 편지를 써서 조조에게 보내고 짐을 꾸렸습니다. 그리고 유비 가족을 수레에 태워 허도를 떠났습니다.

조조는 관우가 보낸 작별 편지를 받았습니다.

"보물과 벼슬로도 관우의 마음을 움직이지 못하는구나. 참으로 욕심 없는 사람이다. 내가 나가서 직접 작별 인사를 해야겠다."

조조는 부하들을 이끌고 관우를 뒤쫓았습니다.

"관우 장군은 멈추시오!"

관우가 놀라서 돌아섰습니다. 관우는 유비 가족이 탄 수레를 먼저 보내고 청룡도를 움켜쥔 채 혼자서 길 한가운데 섰습니다. 조조가 관우에게 다가와 물었습니다.

"장군은 왜 이렇게 갑자기 떠나시오?"

관우는 말에서 내리지도 않은 채 대답했습니다.

"승상께서 편찮으시다기에 편지로 인사를 남기고 떠나는 길입니다. 약속하신 대로 유비 형님께 돌아가도록 허락해 주십시오."

"대장부가 어찌 약속을 어기겠소. 나는 작별 인사를 하려고 온 것이오. 부디 다시 만나기를 바라오."

관우가 떠나자 조조는 충직한 부하를 놓쳤다는 생각에 몹시 안타까워했습니다.

조조와 헤어진 관우는 유비의 가족을 태운 수레를 찾았습니다. 그런데 삼십 리를 넘게 달려도 수레는 보이지 않았습니다.

　"수레가 하늘로 솟았단 말이냐, 땅으로 꺼졌단 말이냐."

　관우가 어쩔 줄 몰라하는데 산 위에서 한 소년 장수가 내려왔습니다.

　"혹시 관우 장군님 아니십니까? 저는 요화라고 합니다. 지금 유황숙의 가족을 보호하고 있습니다."

　"도대체 어찌 된 일이냐?"

　"저는 어려서 가족을 잃고 떠돌다 그만 산적이 되었습니다. 그런데 오늘 두목이 유황숙의 가족을 잡아 왔습니다. 하지만 저는 유황숙과 관우 장군님을 따르고 싶어서 두목을 내쫓고 유황숙의 가족을 구했습니다. 부디 저를 부하로 받아 주십시오."

　관우는 요화 덕분에 잃어버린 유황숙의 가족을 찾을 수 있었습니다.

　"고맙다. 지금은 갈 길이 바쁘니 나중에 다시 만나자. 네 이름을 기억해 둘 테니 언제라도 나를 찾아오너라."

　"장군님을 만날 날을 손꼽아 기다리겠습니다."

요화는 아쉬운 표정으로 관우를 배웅했습니다.

'지금부터 천 리 길을 더 가야 한다. 하지만 아무도 내가 가는 길을 막지 못한다.'

관우는 청룡도를 움켜쥐고 길을 서둘렀습니다. 어느덧 날이 저물었습니다. 관우는 가까운 마을을 찾아가 어느 집으로 들어갔습니다. 마침 머리가 하얀 노인이 나오며 물었습니다.

"장군은 누구십니까?"

"저는 유황숙의 아우 관우라고 합니다."

"저는 호화라고 하는데, 장군 같은 영웅을 만나다니 참으로 영광입니다."

노인은 관우 일행을 집 안으로 맞아들여 저녁을 대접하고 잠자리도 마련해 주었습니다. 이튿날 관우가 떠날 때 노인이 편지 한 장을 내밀었습니다.

"제 아들 호반이 형양에서 관리로 일하고 있습니다. 혹시 그곳을 지나시거든 이 편지를 아들에게 전해 주십시오."

관우는 고맙다고 말하며 편지를 품속에 넣었습니다.

다시 길을 떠난 관우 일행은 동령관이라는 고개에 도착했습니다. 관문을 지키는 장수가 물었습니다.

"장군은 어디로 가시오?"

"하북에 있는 형님을 찾아가오."

"하북은 원소의 땅이 아니오? 허가장은 있소?"

"허가장은 없지만 승상의 허락을 받았으니 보내 주시오."

"안 돼오. 허가장이 없으면 절대로 지나갈 수 없소."

그러자 관우는 눈을 부릅뜨며 청룡도를 치켜들었습니다.

"누구도 나를 막을 수 없다. 어서 문을 열어라!"

그러자 장수가 창을 들고 달려 나왔습니다. 하지만 관우의 한칼에 말에서 떨어졌습니다. 관우는 수레를 이끌고 관문을 지났습니다.

그 뒤에도 관문을 지키는 장수들이 관우의 앞길을 막아섰습니다. 관우는 어쩔 수 없이 장수 두 명을 더 죽였습니다. 관우는 아무 상관없는 사람들과 싸우는 일이 서글펐지만 아직도 가야 할 길이 많이 남아 있었습니다.

이윽고 관우는 형양 지방에 이르렀습니다. 형양을 지키는 왕식은 관우가 온다는 말을 듣고 단단히 벼르고 있었습니다. 왕식은 관우가 오자 거짓으로 웃으며 맞이했습니다.

"장군, 우리 성에서 하룻밤 쉬어 가십시오."

관우는 왕식을 믿고 형양성으로 들어갔습니다. 왕식은

부하 관리 호반을 불러 조용히 말했습니다.

"관우가 잠이 들거든 집에 불을 질러라."

호반은 관우가 머무는 집을 포위하고 밤이 깊어지기를 기다렸습니다. 문득 관우의 생김새가 궁금해진 호반이 몰래 방 안을 엿보았습니다. 이에 인기척을 느낀 관우가 호반을 방으로 불렀습니다.

"저는 이곳에서 관리로 일하고 있는 호반이라고 합니다."

"호반? 그럼 그대의 아버지가 호화라는 분이 아닌가?"

"그렇습니다만, 제 아버지를 어떻게 아시는지요?"

"하룻밤 신세를 진 적이 있지. 참, 그대에게 전해 달라는 편지도 있네."

아버지의 편지를 읽고 난 호반은 관우에게 모든 사실을 털어놓았습니다.

"지금 왕식이 장군님을 해치려고 하니 어서 피하십시오."

관우는 유비의 가족을 이끌고 서둘러 떠났습니다.

관우 일행은 활주라는 지방에 이르렀습니다.

"이제 황하만 건너면 하북 땅이다."

이때 한 떼의 군사가 길을 가로막았습니다. 군사를 거느리던 우두머리가 앞으로 나서며 으름장을 놓았습니다.

"허가장이 없으면 아무도 강을 건너지 못한다!"

그 사람은 나루터를 지키는 진기라는 장수였습니다. 진기는 조조가 아끼는 하후돈의 부하입니다.

"나를 막는 자는 모두 죽었다! 너도 죽고 싶으냐?"

진기는 관우를 비웃으며 칼을 뽑아 달려들었습니다. 순간, 관우의 청룡도가 한 차례 춤을 추는가 싶더니 진기는 싸늘한 시체로 땅에 나뒹굴었습니다. 진기의 부하들이 겁을 먹고 길을 열어 주었습니다.

마침내 관우는 일행을 태우고 황하를 건넜습니다. 황하는 중국에서 가장 큰 강입니다. 강물이 황토를 머금어 누런 빛깔을 띠어 황하라는 이름이 붙었습니다.

'드디어 형님이 계시는 땅에 닿았구나!'

관우는 무려 천 리를 오는 동안 다섯 번의 위험한 고비에서 싸워 모조리 이겼습니다.

'내가 죄 없는 사람들을 해쳤구나.'

관우는 죽은 장수들에게 마음속으로 용서를 빌고 서둘러 길을 떠났습니다.

관우는 유비를 찾으려고 여러 날 하북 땅을 헤매고 다녔습니다. 그러던 어느 날, 관우 앞에 한 사람이 말을 타고 오고 있었습니다.

"아니, 저 사람은?"

그 사람은 유비가 서주 태수일 때부터 유비를 돕던 손건이었습니다. 관우보다 손건이 더 놀랐습니다.

"하늘의 도움으로 장군을 만났군요. 저는 황숙께서 보내서 장군을 찾는 중이었소."

"형님께서?"

"그렇소. 황숙께서는 장군이 하북으로 온다는 말을 듣고 저를 보냈소. 지금 원소와 함께 계시오."

유비가 있는 곳을 알게 된 관우는 길을 서둘렀습니다. 관우 일행이 좁은 산길로 접어들었을 때였습니다. 갑자기 한 무리의 도적 떼가 나타나 앞을 가로막았습니다.

도적의 두목은 두 어깨가 튼튼하고 메기처럼 수염이 길었습니다. 두목은 이마가 땅에 닿도록 머리를 조아리며 말했습니다.

"저는 주창이라고 합니다. 굶주리다 못해 도적이 되었지요. 옛날부터 장군님을 따르고 싶었습니다. 부디 저를 부하로 삼아 주십시오."

"네가 원한다면 좋다. 앞으로는 바르게 살도록 해라."

그때부터 주창은 관우를 따르게 되었습니다. 주창은 천근이 넘는 바위를 번쩍 들어올리는 장사였습니다. 관우는 용맹한 부하를 새로 얻어서 마음이 든든했습니다.

관우 일행은 다시 길을 가다가 산 위에 있는 오래된 성을 발견했습니다. 관우가 한 농부에게 성 이름을 물었습니다.

"오래된 성이라 고성이라고 부릅니다. 몇 달 전부터 장비라는 장수가 군사를 거느리고 와서 지내고 있습니다."

"뭣이, 장비라고?"

관우는 반가운 마음에 당장 고성으로 달려갔습니다.

"나는 관우다. 내 아우 장비는 어디에 있느냐?"

관우가 성문 위에 있는 병사들에게 소리치자 한 병사가 안으로 사라졌습니다. 잠시 뒤 성문이 열리고, 장비가 달려 나왔습니다. 관우가 기뻐서 소리쳤습니다.

"아우, 나 관우라네. 도대체 이게 얼마 만인가!"

그런데 장비가 눈을 부릅뜨며 관우에게 창을 휘둘렀습니다.

"아니, 왜 이러는가?"

"네놈이 조조에게 항복했다는 소식을 들었다. 이번에는 나를 잡으러 왔느냐?"

“내가 어찌 아우를 잡으러 왔겠나. 오해하지 말게.”

장비가 관우의 말을 믿으려 하지 않자 유비의 부인이 그 동안의 일들을 이야기했습니다. 그러자 장비가 눈물을 흘리며 관우에게 넙죽 큰절을 올렸습니다. 관우와 장비는 유비의 가족을 보호하며 고성으로 들어갔습니다.

“그토록 고생하신 줄은 정말 몰랐습니다. 형님이 아니었다면 형수님들이 어떻게 살아 계실 수 있었겠습니까.”

장비도 관우에게 그동안 겪은 일을 이야기했습니다. 장비는 서주 싸움에서 조조에게 패하고 산속으로 숨었습니다. 그 뒤 두 형을 만나려고 여기저기 헤매고 다니다가 고성에 머물고 있었던 것입니다.

“우리 형제가 만났으니 어서 큰형님을 모셔 와야지.”

“아무렴요.”

“아우는 이곳을 지키게. 내가 형님을 모셔 오겠네.”

관우는 장비에게 고성을 지키게 하고 손건과 함께 성을 나섰습니다. 유비가 있는 기주성이 가까워지자 손건이 말했습니다.

“장군께서는 성 밖에서 기다리십시오. 원소가 장군을 보면 안량과 문추의 원수를 갚으려고 할지도 모릅니다.”

"잘 알았소. 나는 가까운 마을에서 쉬고 있겠소."

손건은 성안으로 들어가서 유비에게 관우와 장비를 만난 일을 말해 주었습니다. 유비는 기뻐서 어쩔 줄을 몰랐습니다. 그러고는 서둘러 성을 빠져나왔습니다. 오래전부터 유비를 따르던 여러 관리들도 뒤따랐습니다.

유비는 관우가 머물고 있는 집을 찾아가 서로 얼싸안았습니다.

"형님께서 그동안 얼마나 고생이 많으셨습니까?"

유비와 관우는 부둥켜안고 기쁨의 눈물을 흘렸습니다. 관정이 두 사람의 소매를 잡아끌었습니다.

"두 분 장군께서는 어서 안으로 드시지요."

관정의 집 안에는 이미 잔칫상이 마련되어 있었습니다. 두 형제는 술잔을 기울이며 이야기를 꽃피웠습니다. 관정이 두 아들을 데려와 인사를 시켰습니다.

"유황숙님, 제 아들 관영과 관평입니다."

유비는 둘째아들 관평이 무척 마음에 들었습니다. 관평은 큰 키에 눈이 호랑이처럼 번뜩이는 씩씩한 청년이었습니다.

"관평을 보니 관우와 참 닮았구나. 성도 같으니 제 아우 관우의 양아들로 주십시오."

유비의 말에 관정은 매우 기뻐하며 허락했습니다. 관평이 관우에게 큰절을 올렸습니다. 관우도 흐뭇했습니다.

"저도 앞으로 친아들처럼 여기겠습니다."

이튿날, 유비 일행은 고성으로 출발했습니다. 한참을 가다 어느 산기슭에 이르렀을 때였습니다. 주창과 병사들이 온몸에 상처를 입은 채 나타났습니다.

놀란 관우가 물었습니다.

"어디서 이렇게 다쳤느냐?"

"장군님을 마중하러 오다 산적을 만났습니다."

"너 같은 힘센 장사가 겨우 산적에게 당했단 말이냐?"

"두목이라는 자의 무예가 아주 뛰어났습니다."

"내가 너의 원수를 갚아 주마. 어서 앞장서라."

관우가 주창을 앞세우고 말을 달렸습니다. 유비 일행이 고개에 이르니 저 멀리 산 위에서 한 장수가 부하들을 이끌고 나타났습니다. 주창이 손가락으로 그 장수를 가리켰습니다.

"바로 저기 오는 놈입니다."

관우가 청룡도를 꼬나들었습니다. 그때 유비가 그 장수

를 보더니 깜짝 놀랐습니다.

"저기 오는 장수가 혹시 조운 아니냐?"

그제야 관우도 깜짝 놀랐습니다. 장수도 말을 달려오다가 유비 형제를 보았습니다. 장수는 날쌔게 말에서 뛰어내려 유비 앞에 엎드렸습니다.

"장군님, 드디어 만나는군요."

조운은 땅바닥에 엎드려 흐느꼈습니다.

"그대가 산적이 되다니 이게 어찌 된 일인가?"

"제가 어찌 산적이 되고 싶었겠습니까. 장군님을 만나지 못해 이렇게 지내고 있습니다."

공손찬이 원소에게 지고 자살하자 조운은 갈 곳이 없었습니다. 조운은 여기저기 헤매다 할 수 없이 산적이 되었던 것입니다.

유비는 조운을 일으켜 세웠습니다.

"지금부터는 나와 형제처럼 지내세."

"제 소원이었습니다. 목숨을 다 바쳐 장군님을 모시겠습니다."

조운은 부하들과 함께 유비를 뒤따랐습니다. 고성에서는 장비가 잔칫상을 준비하고 기다리고 있었습니다. 유비는 먼저 소를 잡아 하늘에 제사를 지냈습니다.

"저희 형제가 서로 무사히 만나게 해 주셔서 감사합니다. 저희 형제는 처음 맹세한 대로 목숨을 바쳐 백성들이 편안하게 살 수 있도록 힘쓰겠습니다."

고성에서는 그날부터 며칠 동안 잔치가 벌어졌습니다. 사방에서 소문을 듣고 옛 관리와 부하들이 모여들었습니다. 이제 고성에 모인 군사는 오천이 넘었습니다. 유비는 힘이 났습니다.

"이제 다시는 헤어지지 말자. 우리도 힘을 기르자."

"몸과 마음을 바쳐 황숙을 따르겠습니다."

장수들의 우렁찬 함성 소리가 멀리 퍼져 나갔습니다.

커져 가는 조조의 힘

장강의 남쪽에 있는 강동을 사람들은 '자연의 요새' 라고 불렀습니다. 이 말은 넓은 강과 높은 산이 강동을 지켜 준다는 뜻입니다.

손책이 강동을 다스리게 되면서부터 강동에는 평화가 찾아왔고, 손책의 힘은 나날이 커졌습니다.

그러던 어느 날, 손책이 부하들과 함께 사냥을 나갔다가 갑자기 나타난 무리에게 독화살을 맞았습니다. 손책에게 죽임을 당한 친구의 원한을 갚으려는 무리가 쏜 화살이었습니다. 손책은 그날부터 자리에서 일어나지 못했습니다.

"이제 내 목숨도 끝났구나!"

손책은 슬프게 중얼거리며 장소와 세 아우를 불러오라고 했습니다. 손책은 손짓으로 먼저 장소를 불렀습니다.

"장장군, 부디 내 아우들을 잘 부탁하오."

이번에는 바로 아래 동생 손권에게 장군 도장을 내밀며 말했습니다.

"내가 죽으면 네가 아버지의 뜻을 이어라. 어려운 일이 있거든 장소 장군과 주유 장군에게 의논해라. 부디 마음이 어진 사람을 사랑하고, 훌륭한 장수를 아껴야 한다."

손책은 이 말을 마치고 숨을 거두었습니다. 손책의 나이 스물여섯이었습니다.

새로 강동을 다스리게 된 손권은 생긴 모습부터 남달랐습니다. 얼굴은 네모졌고, 큰 입과 푸른 눈동자를 가졌습니다. 수염은 검붉은색이었습니다.

손권은 형의 장례를 치렀습니다. 장강에서 수군을 다스리던 주유도 달려왔습니다. 손권이 주유의 손을 잡으며 걱정스레 말했습니다.

"제가 나이가 어려 어떻게 해야 할지 잘 모르겠습니다."

"옛말에, 사람을 얻으면 흥하고 사람을 잃으면 망한다고 했습니다. 인재를 구하여 도움을 받으십시오. 제가 아는 사람 중에 노숙이라는 훌륭한 학자가 있습니다."

손권은 곧 노숙을 불렀습니다. 노숙은 깨끗한 얼굴에 인자한 눈을 지녔습니다. 손권은 노숙이 마음에 들었습니다.

"저에게 좋은 가르침을 주시기 바랍니다."

손권은 노숙과 하루 종일 이야기를 나누는 날이 많았습니다. 어느 날, 손권이 노숙에게 말했습니다.

"나는 한나라를 다시 힘 있는 나라로 만들고 싶소."

그러자 노숙은 고개를 가로저으며 말했습니다.

"한나라는 곧 망할 것입니다. 더 큰 뜻을 가지십시오."

"더 큰 뜻이라니, 그게 무슨 말이오?"

손권이 귀를 쫑긋 세우며 묻자 노숙이 대답했습니다.

"장군께서는 먼저 형주 땅을 차지하셔야 합니다."

"그런 다음에는?"

"중원을 노려야 하지요."

중원이란 중국 땅의 한가운데 지방을 가리킵니다. 그러니까 허도, 낙양, 장안이 곧 중원입니다.

손권이 다시 물었습니다.

"그 다음에는 어떻게 하지요?"

"황제가 되셔야지요."

"황제?"

"예. 그러기 위해서는 강동에서 먼저 큰 힘을 가져야 합니다."

얼마 뒤 노숙은 손권에게 새 인재로 제갈근이라는 선비를 소개했습니다. 손권은 학식이 뛰어난 제갈근을 곁에 두고 언제나 질문을 했습니다.

"돌아가신 형님께서는 늘 조조와 싸우려고 했는데 나는 어찌해야 좋겠소?"

"지금은 조조가 힘이 세니 친하게 지내야 합니다."

손권은 조조에게 사람을 보내 친하게 지내기로 했습니다. 조조도 황제에게 글을 올려 손권에게 장군 벼슬을 내리게 했습니다.

손권은 학자를 사랑하고 모든 일을 아랫사람과 의논했습니다. 그러자 손권 주변에는 인재들이 구름처럼 모여들기 시작했습니다.

이때 하북의 원소가 조조와 손권이 친하게 지낸다는 이야기를 들었습니다.

'두 사람이 힘을 합치면 내가 위험하지. 조조를 가만히

두고 볼 수는 없어.'

원소는 마침내 조조와 싸우기로 결심했습니다. 여러 지방의 군사를 불러 모으니 무려 칠십만이나 되었습니다.

원소의 군사는 관도에서 조조의 군사와 만났습니다. 아랫사람 저수가 원소를 찾아가 말했습니다.

"우리는 군량이 넉넉하니 시간을 끌어 적을 지치게 하십시오."

하지만 원소는 조조의 군사를 얕보았습니다. 조조의 군사가 겨우 칠만밖에 되지 않았기 때문입니다.

"우리 군사는 칠십만이다. 열 사람이 겨우 한 사람을 이기지 못한단 말이냐?"

"조조의 군사는 용맹하니 서두르지 마십시오."

"네놈이 사기를 떨어뜨리는구나. 이놈을 당장 가두어라. 나중에 전풍과 함께 벌을 주겠다."

이렇게 되어 저수도 갇히는 신세가 되고 말았습니다. 저수는 감옥에서 하늘을 바라보며 원망했습니다.

'아랫사람의 말에 조금도 귀를 기울이지 않으니 반드시 패하리라!'

한편, 조조는 군량이 적어 싸움이 길어지면 불리하다고

생각했습니다.

"우리에게는 군량이 얼마 없으니 서둘러 싸워야겠다."

조조는 군사를 이끌고 한꺼번에 원소의 진지로 달려들었습니다. 고함 소리가 하늘과 땅을 울렸습니다. 그런데 그때 원소의 수만 군사가 쏘아 대는 쇠화살이 하늘을 뒤덮으며 날아왔습니다.

조조의 군사들은 피하지도 못하고 쓰러졌습니다.

"후퇴하라!"

조조는 크게 패하고 도망쳤습니다.

조조는 몹시 당황했습니다. 병사들의 사기는 떨어지고 맞서 싸울 무기도 없었습니다. 조조는 이런저런 궁리 끝에 한 가지 꾀를 냈습니다. 조조의 진지에는 돌멩이가 많았습니다.

"너희에게 화살이 있다면 내게는 돌멩이가 있지."

조조는 병사들을 시켜 돌멩이를 쏠 수 있는 대포를 수백 개 만들었습니다. 그리고 그 대포를 수레 위에 올렸습니다. 조조는 그 수레를 '벼락차'라고 불렀습니다.

"적들이 화살을 쏘면 우리는 벼락차를 쏘아라!"

조조의 군사는 사기가 올랐습니다. 벼락차를 이리저리

옮기면서 돌멩이를 쏘았습니다. 돌멩이가 포탄처럼 하늘을 날았습니다.

원소의 병사들은 돌멩이를 맞고 힘없이 쓰러졌습니다.

양쪽 군사는 한 달이 넘게 밀고 당기는 싸움을 계속했습니다. 도무지 끝이 보이지 않는 싸움이었습니다.

"이제 군량이 다 떨어졌으니 그만 후퇴하는 게 좋겠다."

조조가 물러설 뜻을 보이자 부하 순욱이 반대했습니다.

"여기서 물러나면 허도까지 빼앗기게 됩니다."

"그렇다면 끝까지 싸워봅시다."

조조는 편지를 써서 허도에 사람을 보냈습니다.

"군량이 다 떨어졌으니 허도에서 가져오도록 하여라."

그런데 조조의 심부름꾼이 원소의 부하 허유에게 붙잡히고 말았습니다. 허유는 조조와 어릴 적 친구이지만 지금은 원소 밑에 있었습니다. 허유는 원소를 찾아가 편지를 보이며 말했습니다.

"지금 조조는 군량이 떨어졌으니 어서 허도를 공격하십시오."

그러나 원소는 조조의 속임수라고 생각하고 고개를 가로저었습니다.

"너는 본래 조조와 친구가 아니냐. 네가 조조와 짜고 나를 속이려는 것이냐? 당장 물러가거라."

허유는 쫓겨나오며 생각했습니다.

'사람을 잘못 봤구나. 여기 있다가는 언제 죽을지 모르겠다.'

그날 밤, 허유는 조조에게 도망쳤습니다. 조조는 허유를 맨발로 달려 나가 맞았습니다.

"원소가 나를 믿지 않아서 왔으니 부디 받아 주시오."

"그대는 옛 친구인데 내가 어찌 반기지 않겠소."

조조의 말에 허유는 눈물을 글썽였습니다. 허유는 조조에게 원소를 이길 수 있는 방법을 알려 주었습니다.

"원소는 오소라는 곳에 군량을 쌓아 둡니다. 그곳을 불태우면 원소의 군사는 사흘도 못 가서 굶주리게 됩니다."

조조는 크게 기뻐하며 허유를 잘 대접했습니다.

이튿날 조조는 용맹한 병사 오천 명을 뽑았습니다. 그 병사들을 원소의 병사처럼 변장시키고 마른 풀과 나뭇잎을 한 짐씩 지게 했습니다.

오소로 떠나기 전 조조는 장수들에게 일러 두었습니다.

"내가 오소로 떠나면 원소가 쳐들어올 것이오. 그대들은

숨어 있다가 원소의 군사를 물리치시오."

조조는 군사를 이끌고 소리 없이 오소로 떠났습니다. 조조의 군사는 새벽녘에 오소에 도착했습니다.

"군량 창고에 불을 질러라!"

오천 군사가 마른 풀과 나뭇잎에 불을 붙여 던졌습니다. 원소의 군량 더미가 순식간에 불길에 휩싸였습니다. 조조의 군사는 고함을 지르며 원소의 진지로 쳐들어갔습니다. 잠들어 있던 원소의 병사들은 싸워 보지도 못하고 뿔뿔이 도망쳤습니다.

원소는 뒤늦게야 오소의 군량이 불탄 것을 알았습니다. 화가 난 원소는 조조가 진지를 비운 틈을 타 그곳을 공격하라고 명령했습니다. 하지만 조조의 진지는 텅텅 비어 있었습니다.

원소의 병사들이 놀라 두리번거리는데 사방에서 조조의 장수들이 몰려왔습니다. 원소의 병사는 크게 패하고 말았습니다.

기주성으로 도망친 원소는 조조에게 진 것이 너무 분했습니다. 그래서 괜히 전풍을 탓했습니다.

"전풍이 질 거라고 했지. 전풍 때문에 진 거야."

감옥에서 이 이야기를 들은 전풍은 스스로 목숨을 끊고 말았습니다.

"하북 땅의 인재가 사라졌구나. 원소가 망할 날도 멀지 않았어."

원소의 신하들은 모두 이렇게 슬퍼했습니다. 그래도 원소는 자기의 잘못을 깨닫지 못하고 다시 조조와 싸울 궁리만 했습니다.

조조와 원소가 싸우는 동안 유비는 여남에 있었습니다. 여남은 허도에서 남쪽으로 그리 멀지 않은 곳입니다. 유비 형제가 다시 만난 고성은 너무나 비좁았기 때문에 땅이 넓은 여남으로 옮긴 것입니다.

유비를 따르는 장수들이 몰려와 이제 유비는 수만 군사를 거느리게 되었습니다. 유비는 큰 용기를 얻었습니다.

"허도가 비었으니 역적을 몰아내고 폐하를 구하자!"

유비는 군사를 거느리고 허도로 쳐들어갔습니다. 이때 조조는 원소를 막 무찌르고 난 뒤였습니다. 유비는 벌써 싸움이 끝났다는 것을 모르고 있었습니다.

조조는 유비가 쳐들어온다는 소식을 들었습니다.

"이런 의리 없는 놈이 있나!"

조조는 서둘러 군사를 이끌고 여남 쪽으로 내려갔습니다. 조조와 유비의 군사는 양산이라는 곳에서 만났습니다. 먼저 조조가 앞으로 나서서 유비를 꾸짖었습니다.

"너는 어찌하여 은혜를 모르느냐?"

"나는 폐하의 뜻을 받들어 역적을 치러 왔다!"

유비는 황제가 피로 써서 동승에게 준 비밀 편지를 줄줄 외웠습니다. 조조는 화가 머리끝까지 치밀었습니다.

"저놈이 입을 함부로 놀리지 못하게 해라!"

먼저 허저가 달려 나가자 유비 쪽에서는 조운이 나갔습니다. 두 장수의 싸움은 좀처럼 승부가 나지 않았습니다.

그러자 유비가 칼을 번쩍 들어올렸습니다. 그것을 신호로 동쪽에서는 관우가, 서쪽에서는 장비가 군사를 거느리고 달려나왔습니다.

오랜 싸움으로 지쳐 있던 조조의 군사는 관우와 장비에게 맞서지 못하고 진지로 달아났습니다.

다음 날, 관우와 장비가 조조의 진지로 달려가 아무리 약을 올려도 조조는 꼼짝하지 않았습니다.

그날 밤, 조조는 장수들을 불러 명령을 내렸습니다.

"하후돈은 몰래 군사를 이끌고 여남성으로 쳐들어가라.

허저는 유비의 군량을 빼앗아라."

얼마 지나지 않아 유비에게 여러 보고가 들어왔습니다.

"하후돈이 여남성으로 쳐들어왔습니다."

"조조의 군사가 군량을 나르고 있던 우리 군사를 포위했습니다."

당황한 유비는 장비를 여남으로 보냈습니다. 관우는 군량을 지키려고 달려 나갔습니다. 장비와 관우가 진지를 비우자 조조가 군사를 이끌고 쳐들어왔습니다.

"내가 조조의 속임수에 당했구나. 어서 물러가자."

유비는 밤을 틈타 여남으로 향했습니다. 그런데 숨어 있던 조조의 군사가 횃불을 밝히고 덤벼들었습니다. 유비의 군사는 뿔뿔이 흩어져 도망쳤습니다.

"유비야, 게 섰거라!"

북소리가 울리며 다시 한 떼의 군사가 길을 막았습니다. 조조의 부하 장합이었습니다.

"유비는 어서 항복해라!"

장합이 유비에게 달려들자 유비가 칼을 빼들었습니다.

"적에게 사로잡히느니 차라리 목숨을 끊겠다."

유비가 자기 목을 베려고 하는 순간이었습니다. 조운이

창을 휘두르며 달려왔습니다.

"황숙께서는 저를 따르십시오."

유비는 조운의 등 뒤에 바싹 붙어 뒤따랐습니다. 어느새 관우와 장비도 유비의 가족을 이끌고 뒤따라왔습니다. 남은 군사를 헤아려 보니 겨우 천여 명에 지나지 않았습니다.

"여기서 하룻밤 쉬도록 하자."

유비의 군사는 강변 모래밭에 머물렀습니다. 유비가 땅이 꺼지도록 한숨을 내쉬며 말했습니다.

"여러분은 벼슬을 하고도 남을 사람들인데 나를 만나 이토록 고생하는구려. 지금 내게는 송곳 하나 꽂을 땅도 없소. 내일 우리 헤어집시다. 부디 훌륭한 주인을 찾아가도록 하시오."

유비의 두 눈에는 눈물이 가득했습니다. 장수들도 저마다 눈물을 훔쳤습니다. 관우가 유비를 위로했습니다.

"한나라를 세우신 유방께서도 싸움에서 수없이 졌지만, 끝까지 포기하지 않아 결국 황제가 되었습니다. 싸움에서 지는 것은 흔히 있는 일입니다."

그러자 이번에는 손건이 말했습니다.

"한 번 졌다고 큰 뜻을 잃으시면 안 됩니다. 여기서 강만

관도에서 조조가 원소를
크게 무찌르다.

소패

서주

조조에게 패한 유비 형제가
뿔뿔이 흩어지다.

유표에게 의지하던
유비가 조조에게 쫓겨
강하성으로 피하다.

강

강

상

건업 남서

제 2권의 무대

한

손책이 죽고, 동생 손권이
강동을 다스리다.

원작 | **나관중**

중국 14세기 원나라 말에서 명나라 초에 활동했던 소설가입니다. 1364년에 살았다는 기록은 있지만 구체적으로 어떻게 살았는지는 거의 전해져 오지 않습니다. 《삼국지》 등의 소설을 썼고, 여러 희곡을 쓰기도 했습니다.

글쓴이 | **김민수**

전라북도 순창에서 태어나 중앙대학교 문예창작학과를 졸업하고, 같은 학교 대학원에서 문학박사 학위를 받았습니다. 그동안 문학 평론과 《장준하》 등 어린이를 위한 책을 써 왔습니다. 현재 중앙대학교에서 겸임교수로 문학을 강의하고 있습니다.

그린이 | **이현세**

1982년 《공포의 외인구단》으로 '이현세 붐'을 일으킨 우리나라 만화계의 거장입니다. 《지옥의 링》《남벌》《아마게돈》《천국의 신화》 등 많은 대작을 그렸습니다. 최근에는 《만화 한국사 바로 보기》《만화 세계사 넓게 보기》 등으로 어린이 학습 만화의 새 지평을 열었습니다. 현재 세종대학교 영상만화학과 교수로 학생들을 가르치고 있습니다.

처음으로 만나는 삼국지2

모여드는 영웅들

1판 1쇄 발행일 2009년 7월 20일
1판 26쇄 발행일 2025년 6월 1일
글쓴이 | 김민수
그린이 | 이현세
펴낸곳 | 녹색지팡이&프레스(주)
펴낸이 | 강경태
등록번호 | 제16-3459호
제조국 | 대한민국
대상연령 | 8세 이상
주 소 | 서울시 강남구 테헤란로86길 14 윤천빌딩 6층 (우)06179
전 화 | (02)3450-4151 팩 스 | (02)3450-4010

Illustration copyright ⓒ 이현세, 2009

ISBN 978-89-94780-05-4 64820
ISBN 978-89-94780-09-2 (세트)

건너면 형주 땅이니 우선 그곳으로 가십시오."

형주의 유표는 황제의 친척이어서 유비와도 친척이 됩니다. 유비는 손건의 말이 옳다고 여기고 형주의 양양성으로 유표를 찾아갔습니다. 유표는 유비를 반갑게 맞이했습니다.

"어서 오시오. 오래전부터 유황숙을 만나고 싶었소."

유표는 양양성 안에 유비가 살 집을 마련해 주었습니다.

한편, 허도의 조조는 원소와 유비가 늘 마음에 걸렸습니다. 두 사람만 없으면 넓은 중국 땅이 자기 손에 들어올 것 같았습니다. 조조는 먼저 원소를 이기고 유비가 머무르는 형주를 차지하기로 했습니다. 조조는 군사를 이끌고 관도로 나아갔습니다.

이때 원소는 병을 앓고 있었습니다. 지난번 싸움에서 조조에게 크게 지고 생긴 울화병이었습니다.

"뭐? 조조가 온다고? 으윽……."

원소는 조조가 또 쳐들어온다는 소식을 듣고 피를 토하며 쓰러졌습니다.

부하들이 달려들어 원소를 자리에 눕혔지만 그대로 숨이 끊어졌습니다. 너무나 어이없는 죽음이었습니다.

원소에게는 원담, 원희, 원상이라는 세 아들이 있었습니다. 그중 원상은 원소가 죽자 하북의 주인이 되고 싶어 원소의 장군 도장을 가져갔습니다. 이 소식을 들은 조조가 입가에 미소를 지었습니다.

'이제 원소의 아들들이 서로 싸울 테니 가만히 앉아서 하북을 차지할 수 있겠구나.'

기주성으로 쳐들어가던 조조는 뒤로 물러났습니다. 그리고 원소의 아들들이 싸우기를 기다렸습니다.

청주성에 있던 원소의 큰아들 원담은 동생이 하북의 장군이 되었다는 소식을 듣고 화가 났습니다.

"감히 형을 두고 아버지의 자리를 넘보다니. 용서할 수 없다."

원담은 원상이 있는 기주성으로 쳐들어갔지만 원상의 군사가 더 강했습니다. 싸움에서 패한 원담은 분한 마음에 조조에게 항복해 버렸습니다.

조조는 크게 기뻐하며 군사를 이끌고 기주성으로 쳐들어갔습니다. 조조는 쉽게 기주성을 빼앗았습니다. 조조는 사로잡은 원소의 가족들을 돌봐 주고 백성들도 너그럽게 대했습니다.

"오랫동안 전쟁을 겪었으니 올해는 세금을 받지 않겠다."

그러자 하북의 백성들은 입을 모아 조조를 칭찬했습니다. 조조는 적의 마음을 달래서 자기편으로 만들 줄 알았습니다.

이제 넓은 하북 땅은 모조리 조조의 차지가 되었습니다.

'이제는 유비와 손권을 무찌르고 내 뜻을 이루리라.'

조조의 꿈은 중국 땅을 하나로 통일하고 황제가 되는 것이었습니다. 조조는 흐뭇한 마음으로 허도로 돌아갔습니다. 조조의 뒤를 따르는 군사가 어느덧 육십만 명에 이르렀습니다.

유비의 삼고초려

'아아, 내 신세가 부끄럽기 짝이 없구나!'

조조가 하북을 차지하는 동안에 유비는 형주의 양양성
에 머물고 있었습니다. 유표가 큰 집을 마련해 주고 양식
도 넉넉하게 대 주었지만 유비의 마음은 조금도 편하지 않
았습니다.

유비는 틈만 나면 유표를 찾아가 조조를 무찌르자고 했
습니다. 그러나 겁이 많은 유표는 망설이기만 했습니다.
그러던 어느 날, 유표가 허둥지둥 유비를 찾았습니다.

"지금 형주 땅에 도적 떼가 일어나 백성의 재물을 빼앗고 있소. 곧 여기 양양성까지 쳐들어온다고 하오."

"염려 마십시오. 제가 가서 당장 물리치겠습니다."

오랜만에 싸움터로 나선 유비는 힘이 솟았습니다. 유비는 두 아우와 조운을 데리고 나가 도적 떼와 만났습니다.

도적 떼를 이끄는 두목이 타고 있는 말이 매우 늠름해 보였습니다.

유비가 무심코 말했습니다.

"저 말이 참 좋아 보이는구나."

이 말이 끝나기가 무섭게 조운이 창을 들고 달려 나갔습니다. 도적 떼의 두목이 맞섰지만 조운의 창에 찔려 그대로 말에서 떨어졌습니다. 조운은 고삐를 쥐고 곧장 유비에게 말을 끌고 왔습니다. 유비는 고마워하며 그 말로 갈아 탔습니다.

두목이 죽자 도적 떼는 뿔뿔이 도망쳤습니다.

유비는 도적 떼를 모두 물리치고 양양성으로 돌아왔습니다. 유표가 성 밖으로 나와 유비를 반겼습니다.

"유황숙이 있으니 늘 마음이 든든하오. 가까운 곳에 신야성이 있는데 거기서 군사를 다스리며 우리 형주를 지켜 주시오."

유표는 용맹한 군사를 수천 명 뽑아서 유비에게 주었습니다.

이튿날, 유비가 도적 떼의 두목에게서 얻은 말에 올라 신야성으로 떠나려 할 때였습니다. 어떤 사람이 유비의 앞을 가로막았습니다.

"황숙께서는 이 말을 타시면 안 됩니다."

유표와 친한 이적이라는 선비였습니다. 유비가 말에서 내리며 그 까닭을 묻자 이적이 대답했습니다.

"이 말은 적로마라고 하는데, 자기 주인을 해치는 말입니다. 눈 아래가 움푹 꺼졌고, 이마에 흰 점이 있는 말을 타면 주인의 목숨이 위태롭습니다."

그러자 유비가 껄껄 웃었습니다.

"사람은 모두 언젠가는 죽는 법입니다. 저를 생각해 주시는 것은 고마우나 어찌 그런 미신을 믿겠습니까?"

유비의 말에 이적은 속으로 감탄했습니다.

'미신 따위에 흔들리지 않으니 과연 유황숙은 세상을 다스릴 만한 영웅이구나!'

그 뒤로 이적은 유비를 따르며 친하게 지냈습니다.

신야성에 들어간 유비는 군사를 훈련시켰습니다. 그러는 동안 유비의 둘째 부인인 미부인이 아들을 낳았습니다. 유비는 아들 이름을 유선이라고 지었습니다.

이렇게 유비가 신야성에서 하루하루를 보내는 동안 유비를 못마땅해하는 사람이 있었습니다. 바로 유표의 아랫사람인 채모였습니다.

채모는 유표의 부인인 채부인의 남동생입니다. 채모는 유표가 유비를 아끼는 것을 시기했습니다.

'유비가 언젠가는 형주 땅을 차지하려고 할 거야.'

유표에게는 두 아들이 있었습니다. 큰아들은 유기이고, 작은아들은 유종입니다. 유기는 죽은 부인의 아들이고, 유종이 채부인의 아들입니다. 채모는 누나의 아들 유종이 형주의 주인이 되기를 바랐습니다.

어느 날, 채모는 몰래 채부인을 찾아가 말했습니다.

"누님, 아무래도 유비를 믿을 수 없어요. 유비에게는 힘센 장수가 많으니 언젠가는 우리 형주 땅을 빼앗을지도 몰라요."

이 말에 채부인도 유비를 의심하기 시작했습니다. 이때부터 채모와 채부인은 유비를 감시했습니다.

그러던 어느 날, 채모가 유비를 죽일 꾀를 냈습니다.

"마침 추수철이니 잔치를 열어 유비를 초대한 다음 처치합시다."

채모는 양양성에서 잔치를 열었습니다. 초대를 받은 유비가 신야성을 나서자 조운이 삼백 명의 병사를 이끌고 뒤를 따랐습니다.

채모는 유비가 도망치지 못하도록 양양성 곳곳에 오백 명의 병사를 숨겨 놓았습니다. 그런데 서쪽 성문에는 아무도 보내지 않았습니다. 서쪽 성문 밖에는 '단계'라는 큰 냇물이 앞을 가로막고 흐르는데 쉽게 건널 수 없기 때문입니다.

유비가 도착하자 채모는 유비를 방 안으로 안내했습니다. 그 사이 조운은 다른 술상으로, 조운이 거느리고 온 병사들은 숙소로 보내서 유비와 떼어 놓았습니다. 채모는 맛좋은 음식과 술을 내어 유비를 대접했습니다.

"자, 마음껏 드십시오."

채모는 유비가 술이 취하기만을 기다렸습니다. 유비는 아무것도 모른 채 마음껏 먹고 마셨습니다. 한창 술을 마시는데 이적이 유비 옆으로 다가와 나직이 속삭였습니다.

"채모가 황숙을 해치려고 합니다. 어서 몸을 피하십시오. 지금 서쪽 성문만 비어 있습니다."

놀란 유비는 일부러 잔뜩 취한 척했습니다.

"잠시 변소에 갔다 오겠소."

유비는 얼른 밖으로 나와 적로마에 올라탔습니다.

"이랴!"

유비가 발뒤꿈치로 배를 차니 적로마가 나는 듯이 달리기 시작했습니다. 유비는 재빠르게 양양성 서쪽 문으로 빠져나갔습니다. 한 병사가 이것을 보고 채모에게 알렸습니다. 채모는 오백의 병사를 거느리고 유비를 뒤쫓았습니다.

유비가 서문을 빠져나와 정신없이 달렸습니다. 그러나 얼마 못 가서 멈춰 서고 말았습니다. 큰 냇물이 앞을 가로막고 있었습니다. 바로 단계였습니다. 냇물은 아주 깊고 물살도 거셌습니다. 유비가 놀라 돌아보니 채모가 군사를 이끌고 유비에게 달려오고 있었습니다.

'죽기 아니면 살기다!'

유비는 말을 몰아 냇물로 뛰어들었습니다. 그러나 적로마는 몇 걸음을 옮기지 못하고 물속에 가라앉았습니다.

유비는 채찍으로 적로마를 내리치며 외쳤습니다.

"적로마야, 네가 여기서 나를 죽이려 하느냐!"

이 말이 떨어지자마자 적로마가 물속에서 솟구쳐 올랐습니다. 적로마는 수십 걸음이나 되는 반대쪽 언덕으로 나는 듯이 뛰어올랐습니다. 유비는 마치 허공을 나는 기분이었습니다.

적로마는 땅에 사뿐히 내려앉았습니다. 건너편에서 채모가 넋이 나간 표정으로 유비를 쳐다보았습니다.

냇물을 건넌 유비는 신야성을 향해 말을 몰았습니다. 그때 저 멀리서 목동이 풀피리를 불며 다가오고 있었습니다. 목동이 유비를 보더니 눈을 동그랗게 뜨며 물었습니다.

"혹시 유황숙 어른이 아니신가요?"

유비가 깜짝 놀라 되물었습니다.

"네가 나를 어찌 아느냐?"

"제 스승님께서 늘 황숙 어른을 칭찬하셨어요. 얼굴이 스승님께 들은 모습과 똑같아요."

"그래? 네 스승님이 누구시냐?"

"사마휘 선생이십니다. 사람들은 수경 선생이라고 부르지요."

유비는 목동을 앞세우고 수경을 찾아갔습니다.

"선생님, 유황숙께서 오셨습니다."

목동이 소리치자 한 사람이 나왔습니다. 흰 머리에 흰 수염을 길게 기르고 있어 꼭 도인 같아 보였습니다. 유비가 수경에게 인사를 하자 수경이 유비를 보고 대뜸 말했습니다.

"황숙께서는 오늘 다행히 목숨을 구하셨군요."

유비는 깜짝 놀라며 생각했습니다.

'이 사람은 보통 사람이 아니구나.'

두 사람은 마주 앉아 이야기를 나누었습니다. 먼저 수경이 물었습니다.

"황숙께서는 어찌하여 그토록 고생만 하십니까? 황숙과 함께 황건적을 무찌른 조조와 손견의 아들 손권은 이미 넓은 땅과 큰 힘을 가지고 있지 않습니까?"

"제가 복이 없어서 그런가 봅니다."

"아닙니다. 황숙을 도와주는 인재가 없기 때문입니다."

"저에게는 용맹한 두 아우와 믿음직한 조운이 있습니다."

이 말에 수경은 고개를 설레설레 흔들었습니다.

"물론 그 사람들은 훌륭한 장수이지요. 그러나 그 장수들을 잘 이끌어 줄 사람이 없어요. 조조가 큰 힘을 갖게 된 건 훌륭한 인재가 많기 때문입니다."

"저도 군사를 이끌 인재를 찾았지만 안타깝게도 아직 만나지 못했습니다."

"공자께서는 열 집 정도 사는 작은 마을에도 잘 찾아보면 훌륭한 인재가 있다고 하셨습니다."

"부디 선생께서 제게 가르침을 주십시오."

"와룡과 봉추를 얻는다면 뜻하신 일을 이룰 수 있을 것입니다."

"와룡과 봉추? 그 사람들이 도대체 누구입니까?"

그 물음에 수경은 그저 미소만 지었습니다.

"언젠가는 만나게 될 겁니다. 오늘은 그만 쉬도록 하십시오."

유비는 수경의 집에서 하룻밤을 묵었습니다.

"수경 선생, 앞으로도 제게 좋은 가르침을 주십시오."

유비는 수경과 헤어지고 신야성으로 향했습니다.

무사히 신야성으로 돌아온 유비는 예전처럼 군사를 훈련시키고 백성들의 일을 살폈습니다. 그러던 어느 날이었습니다. 허름한 차림새를 한 사람이 이상한 노래를 부르며 신야의 거리를 서성거리고 있었습니다.

"산속의 어진 선비가 좋은 주인을 만나 몸을 바치려고

하네. 그러나 주인이 어진 선비를 구하면서도 나를 몰라보는구나."

길을 가던 유비가 노래를 듣고 문득 생각했습니다.

'저 사람이 혹시 수경 선생이 말한 와룡이나 봉추가 아닐까?'

유비는 그 사람을 불러 이름을 물었습니다.

"저는 서서라고 합니다. 황숙께서 어진 선비를 찾으신다는 말씀을 듣고 이렇게 찾아왔습니다."

수경은 유비가 떠난 뒤 총명한 제자인 서서를 불러 유비를 도우라고 했습니다. 이렇게 해서 서서는 유비를 돕게 되었습니다.

한편, 허도의 조조는 형주를 빼앗을 생각에 빠져 있었습니다.

"하북이 내 땅이 되었으니 다음은 형주 차례야."

조조는 장수 조인을 번성으로 보내 유비와 싸우게 했습니다. 번성은 형주의 북쪽에 위치한 곳입니다. 조인은 바로 대군을 이끌고 번성에서 신야성으로 쳐들어갔습니다. 유비가 이 소식을 듣고 몹시 놀랐습니다.

"제게 좋은 생각이 있으니 황숙께서는 아무 염려 마십

시오."

　서서는 태연하게 말하고, 관우를 불러 뭐라고 귓속말을 했습니다. 그러자 관우가 군사를 이끌고 어딘가로 떠났습니다.

　얼마 뒤 조인이 신야성 밖에 군사를 이상하게 늘여 세웠습니다. 그러자 서서가 높은 곳에 올라가서 적을 살피며 말했습니다.

　"황숙, 저것은 여덟 군데에 문을 터놓고 적이 쳐들어오면 포위하여 무찌르는 병법입니다. 잘못 덤볐다가는 한 사람도 살아남을 수 없습니다. 제가 병법을 공부하여 잘 알고 있으니 염려 마십시오."

　서서는 곁에 있던 조운을 바라보며 말했습니다.

　"조장군은 오백의 군사를 이끌고 동남쪽으로 쳐들어가 서쪽으로 빠져 나오십시오. 절대로 조인을 뒤쫓지는 마십시오."

　조운은 서서가 시킨 대로 동남쪽으로 쳐들어갔습니다. 조운의 창에 조인의 군사가 수없이 쓰러졌습니다. 조인은 조운을 꾀려고 북쪽으로 달아났습니다. 그러나 조운은 조인을 뒤쫓지 않고 서쪽으로 빠져 나왔습니다.

서서의 말대로 조인의 군사는 어찌할 바를 몰라하며 허둥댔습니다. 이때 유비의 군사가 한꺼번에 덤벼들어 칼과 창을 휘둘렀습니다. 조인의 군사는 크게 패하고 번성으로 물러갔습니다.

그런데 조인이 번성에 이르자 요란한 북소리가 일어나며 성문이 열렸습니다. 그러더니 성안에서 관우가 달려 나왔습니다. 관우는 서서가 시킨 대로 번성을 빼앗고 조인을 기다리고 있었던 것입니다. 놀란 조인은 밤을 새워 허도로 도망쳤습니다.

유비는 서서를 만나 큰 힘을 얻었습니다.

조조는 조인이 지고 돌아오자 버럭 화를 냈습니다.

"그까짓 유비에게 패하고 번성까지 빼앗겼단 말이냐!"

조인은 그동안 일어난 일을 조조에게 말했습니다.

"유비가 그토록 놀라운 작전을 쓰다니 믿을 수 없다. 도대체 지금 누가 유비를 돕고 있느냐?"

"서서라는 사람입니다. 서서는 학식이 뛰어난 사람인데 유비를 돕고 있다니 큰일입니다. 마치 호랑이에게 날개를 달아 주는 셈입니다."

조조의 아랫사람 정욱이 말했습니다.

"그럼 서서를 유비에게서 떼어 놓아야 하지 않겠소?"

"저에게 좋은 생각이 있습니다. 지금 서서의 홀어머니가 허도 가까이에 살고 있습니다. 서서는 효성이 지극하니 어머니를 잡아와 서서를 부르도록 하십시오."

"비겁한 방법이긴 하지만 그게 좋겠군."

조조는 군사를 보내 서서의 어머니를 데려오게 했습니다. 조조는 서서의 어머니를 보자 공손하게 말했습니다.

"아드님은 지금 유비라는 보잘것없는 촌사람을 섬기고 있습니다. 제가 부인의 아드님을 만나고 싶으니 편지를 써서 불러 주십시오. 그럼 아드님에게 큰 벼슬을 내리겠습니다."

이 말에 서서의 어머니가 조조를 꾸짖었습니다.

"네 이놈 조조, 어찌 그런 거짓말을 하느냐! 나는 유황숙이 나라와 백성을 사랑하는 어진 분인 줄 다 알고 있다. 내 아들이 그런 분을 섬긴다니 참 기쁘구나. 그런데 어찌하여 내 아들에게 너 같은 역적을 섬기라고 하겠느냐!"

서서의 어머니는 조금도 두려워하는 기색이 없었습니다.

이 말에 화가 난 조조가 서서의 어머니를 죽이려고 하자 정욱이 말렸습니다.

"승상, 서서의 어머니를 죽이면 세상 사람들이 승상을 의롭지 못하다고 할 것입니다. 저에게 서서가 이곳에서 승상을 돕게 할 좋은 생각이 있으니 안심하십시오."

정욱은 서서의 어머니를 극진하게 모시며 몰래 서서 어머니의 글씨체를 익혔습니다. 그러고는 서서에게 편지를 썼습니다. 그 편지는 정욱이 서서의 어머니 글씨를 흉내 내서 쓴 거짓 편지였습니다. 서서가 조조를 섬기지 않으면 자기는 곧 죽게 되니, 어서 빨리 와서 자기를 구해 달라는 내용이었습니다.

서서는 편지를 받고 눈물을 쏟았습니다. 그리고 부리나케 유비를 찾아가 편지를 내보이며 말했습니다.

"제가 조조에게 항복하지 않으면 어머니가 돌아가십니다. 황숙께서는 부디 저를 허도로 보내 주십시오."

유비는 편지를 읽고 함께 눈물을 흘리며 허락했습니다.

서서는 허도로 떠났습니다. 유비는 서서의 모습이 사라질 때까지 물끄러미 바라보았습니다.

"내가 훌륭한 인재를 잃는구나!"

유비가 슬프게 중얼거리는데 떠났던 서서가 말머리를 돌려 유비에게 되돌아와 말했습니다.

"제가 마음이 급해서 중요한 말을 잊을 뻔했습니다. 저보다 뛰어난 사람이 있어 황숙께 소개해 드리려고 합니다."

"선생보다 더 뛰어난 사람이라니? 어서 말씀해 보시오."

유비가 재촉했습니다.

"여기서 가까운 와룡강 언덕에 제갈량이라는 제 친구가 살고 있습니다. 자는 공명이라고 하지요. 황숙께서 그 사람을 얻는다면 반드시 큰 힘이 될 것입니다. 그 사람이 봉황이라면 저는 보잘것없는 까마귀에 지나지 않지요."

유비는 갑자기 수경이 한 말이 떠올랐습니다.

"그 사람이 혹시 와룡이나 봉추가 아니오?"

"제가 말하는 사람이 바로 와룡입니다. 와룡강 언덕에 산다고 하여 사람들이 와룡 선생이라고 부르지요."

"그렇다면 봉추는 누구입니까?"

"봉추는 방통이라는 사람을 가리킵니다. 와룡의 친구이지요. 하지만 그 사람은 지금 어디에 있는지 잘 모릅니다."

유비는 아주 기뻐했습니다. 유비의 표정이 밝아지자 서서는 가벼운 마음으로 말을 달려 떠났습니다.

서서는 쉬지 않고 말을 달렸습니다. 하루빨리 어머니를 구해야 한다는 생각뿐이었습니다. 허도에 도착한 서서는

먼저 조조에게 인사한 뒤 서둘러 어머니가 머무는 집을 찾았습니다.

"어머니, 못난 아들이 왔습니다."

서서는 섬돌 아래에 엎드려 절을 올리며 눈물을 흘렸습니다. 서서의 어머니가 방문을 열어 아들을 보고는 깜짝 놀랐습니다.

"네가 무슨 일로 여기에 왔느냐?"

"어머니의 편지를 받고 달려왔습니다."

"나는 너에게 편지를 쓴 적이 없다. 네가 조조에게 속았구나."

"어머니, 그게 무슨 말씀이십니까?"

"유황숙이 나라를 위해 싸우는 분이라면 조조는 임금을 속이는 역적이다. 그런데 네가 거짓 편지에 속아서 역적에게 항복했구나. 너야말로 조상을 욕되게 하는 아들이다."

서서의 어머니는 한숨을 쉬며 방문을 닫아 버렸습니다. 서서는 땅에 엎드린 채 용서를 빌었습니다. 한참을 지나도 기척이 없어 서서가 방에 들어가 보았습니다.

"어, 어머니!"

방 안으로 들어선 서서는 비명을 질렀습니다. 어머니가

들보에 목을 매달아 스스로 목숨을 끊은 것이었습니다.

"내가 어리석어 어머니를 돌아가시게 했구나!"

서서는 어머니의 시신을 안고 하염없이 눈물을 흘렸습니다. 서서는 어머니의 무덤 옆에 초막을 짓고 살았습니다. 그리고 초막에서 한 발짝도 나가지 않았습니다.

한편, 신야성의 유비는 제갈량을 만나기 위해 두 아우를 데리고 와룡강 언덕을 향해 떠났습니다. 와룡강 언덕은 경치가 무척 아름다웠습니다.

"참으로 아름답다. 꼭 신선이 사는 곳 같구나."

유비는 언덕 아래 숲으로 들어갔습니다. 작고 아담한 초가집이 있었습니다. 유비가 말에서 내려 대문을 두드렸습니다. 얼마 뒤 시중드는 아이가 나왔습니다.

"유비가 공명 선생을 뵈러 왔다고 여쭈어라."

"선생님께선 친구 분을 만나러 아침에 나가셨습니다."

"언제 돌아오시느냐?"

"선생님께서는 한번 나가시면 언제 오실지 모릅니다."

유비는 하는 수 없이 문 앞에서 제갈량을 기다렸습니다. 그러나 해가 져도 돌아오지 않자 발길을 돌릴 수밖에 없었습니다.

며칠 지나지 않아 유비는 다시 와룡강 언덕으로 떠났습니다. 이번에도 두 아우가 뒤따랐습니다. 한겨울이라 바람이 차고 몹시 추웠습니다. 얼마 가지 않아 눈보라까지 휘몰아치자 장비가 투덜거렸습니다.

"그까짓 촌놈은 아랫사람을 보내 불러옵시다."

"함부로 말하지 말거라. 훌륭한 인재를 어찌 소홀히 대할 수 있겠느냐."

유비가 엄하게 꾸짖자 장비는 입을 다물었습니다. 세 사람은 눈보라를 헤치고 제갈량의 초가집에 이르렀습니다. 유비가 대문 앞에서 외치니 이번에는 한 젊은이가 나왔습니다.

"저는 제갈량의 아우 제갈균이라고 합니다. 형님은 아침 일찍 친구를 만나러 나갔습니다."

또다시 실망한 유비는 제갈량에게 다음에 찾아오겠다는 편지를 써 놓고 집을 나섰습니다. 다시 살을 에는 듯한 눈보라가 쳤습니다. 사방이 온통 흰 눈에 덮여서 쉽사리 길을 찾을 수 없었습니다.

"어질고 슬기로운 사람을 만나기가 이렇게 어렵구나."

어느새 추운 겨울이 가고 봄이 왔습니다.

"날씨도 따뜻해졌으니 공명 선생을 만나러 가야겠다."

유비는 목욕을 하고 새 옷으로 갈아입었습니다. 그러자 관우가 말했습니다.

"형님께서 두 번이나 가셨는데도 만나지 못하는 걸 보면 공명이 자리를 피하는지도 모릅니다. 소문만큼 자기가 훌륭하지 않아서 그럴 겁니다. 다시는 만나지 마십시오."

"훌륭한 선비를 만나려고 하는데 어찌 그런 말을 한단 말이냐. 너희는 여기 있어라. 나 혼자서 다녀오겠다."

그러자 두 아우는 할 수 없이 유비를 따라 나섰습니다. 유비 형제는 제갈량의 초가집에 이르렀습니다.

유비가 대문을 두드리자 시중드는 아이가 나와 말했습니다.

"선생님께서는 지금 낮잠을 주무시고 계십니다."

"그러면 깨울 것 없다. 내가 기다리마."

유비는 혼자서 대문 안으로 들어가 제갈량이 깨기를 기다렸습니다. 하지만 한참이 지나도 일어날 줄을 몰랐습니다.

관우와 장비가 기다리다 지쳐서 대문 안으로 들어왔습니다. 장비는 유비가 뜰에 서 있는 것을 보고 소리를 질렀습니다.

"저놈이 감히 우리 형님을 세워 두고 잠을 자다니! 내가 이 집에 불을 확 질러 버리겠다."

유비는 두 아우를 대문 밖으로 쫓아냈습니다. 시간이 한참 흐른 뒤에 제갈량이 잠에서 깨어나 밖으로 나왔습니다. 그제야 유비는 제갈량을 만날 수 있었습니다.

제갈량은 유비보다 키가 더 컸습니다. 옥처럼 깨끗한 얼굴과 단정한 몸가짐이 마치 신선 같았습니다.

"어리석은 유비가 선생을 뵈려고 찾아왔습니다. 부디 저에게 가르침을 주십시오."

"부족한 제가 여러 장군들이 세상을 차지하기 위해 다투는 일을 어찌 알겠습니까?"

제갈량의 말에 유비는 자세를 바로하고 엄숙하게 말했습니다.

"저는 그동안 나라와 백성을 편안하게 하려는 뜻을 품고 살아왔습니다. 제 자신을 위한 생각은 조금도 없었습니다. 그런데 나라는 아직도 역적의 손에 있습니다. 부디 어리석은 저에게 가르침을 주시어 뜻을 이루게 해 주십시오."

그제야 제갈량은 예의를 갖추고 진지하게 말했습니다.

"이토록 저를 믿어 주시니 장군을 따르겠습니다. 이제

머지않아 한나라는 세 영웅이 다스리는 땅으로 나누어질 것입니다."

"세 영웅이라면 누구누구입니까?"

유비가 묻자 제갈량이 빙그레 웃으며 대답했습니다.

"조조와 손권, 그리고 제 앞에 계신 장군입니다."

제갈량은 이렇게 말하며 둘둘 말린 두루마리를 펼쳤습니다. 바로 한나라 지도였습니다. 제갈량은 지도를 벽에 걸고 말하기 시작했습니다.

"한나라의 북쪽은 이미 조조가 차지하고 있습니다. 그리고 장강 남쪽의 강동은 손권의 땅입니다. 두 사람은 재주가 뛰어나고 군사도 많습니다."

제갈량의 손가락이 마침내 형주에 이르렀습니다.

"이곳 신야성에 머물고 있는 장군의 군사는 겨우 수천입니다. 하지만 장군께서는 백성을 사랑하는 어진 마음과 덕이 있습니다. 그것으로 조조와 손권을 이길 수 있습니다."

제갈량은 서쪽에 있는 넓은 익주 지방을 가리켰습니다.

"장군께서는 먼저 형주를 차지해서 발판으로 삼으십시오. 그런 다음 이곳 익주를 차지하면 큰 힘을 가질 수 있습니다. 그러면 뜻을 이룰 수 있습니다."

제갈량이 말을 마치자 유비가 벌떡 일어났습니다.

"하지만 형주의 유표와 익주의 유장은 모두 한나라 황실의 친척입니다. 어찌 그들의 땅을 빼앗을 수 있겠습니까?"

"두고 보십시오. 두 곳은 반드시 장군의 손에 들어옵니다. 한나라가 셋으로 나뉜다는 것을 잊지 마십시오."

제갈량이 다짐하듯이 말했습니다.

유비 형제는 제갈량의 집에서 하룻밤을 묵고 다음 날, 제갈량과 함께 신야성으로 떠났습니다. 제갈량은 집을 떠나며 아우에게 말했습니다.

"내가 공을 세우고 돌아올 테니 너는 농사를 짓고 있어라. 밭을 묵혀서는 안 된다."

이때 제갈량의 나이는 스물일곱이었습니다.

유비가 제갈량을 얻기 위해 초가집을 세 번 찾은 것에서 '삼고초려' 라는 말이 생겨나게 되었습니다.

이제 제갈량은 유비를 주인으로 모시고 군대의 작전을 짜는 '군사' 가 되었습니다. 유비와 제갈량은 신야성에서 앞으로 어떻게 해야 할지 의논하며 지냈습니다. 하루는 제갈량이 말했습니다.

"주공, 이제 조조와 손권의 형편을 잘 살펴야 합니다."

주공은 주인의 높임말입니다. 제갈량은 유비에게 먼저 허락을 받고 병사를 보내 조조가 어떻게 지내는지 알아 오게 했습니다. 병사가 돌아와 보고했습니다.

"저수지를 만들고 강에 배를 띄워서 수군을 훈련시키고 있습니다."

그러자 제갈량이 유비에게 말했습니다.

"조조가 강동의 손권을 치려고 준비하고 있군요."

제갈량은 강동에도 병사를 보내 손권의 움직임을 살피게 했습니다.

쫓고 쫓기는 용

유비가 제갈량을 얻은 그 무렵 강동의 손권에게도 훌륭한 인재들이 모여들었습니다.

손권은 물에서 싸우는 수군을 기르고 배를 새로 만드는 데에도 힘을 기울여, 어느덧 배가 칠천 척이 넘었습니다. 손권은 주유를 대도독으로 삼았습니다. 대도독은 수군과 육군을 총지휘하는 벼슬 이름입니다.

손권도 유비와 마찬가지로 형주를 차지할 마음을 먹고 있었습니다. 그래서 형주의 남쪽에 있는 강하부터 빼앗기로 했습니다. 하지만 강하는 유표의 장수인 황조가 지키고

있었습니다. 그런데 어느 날 황조의 부하인 감녕이 손권을 찾아와 항복했습니다. 손권이 감녕에게 물었습니다.

"갑자기 항복하는 까닭이 무엇이오? 속임수요?"

이 물음에 감녕은 다부진 표정으로 대답했습니다.

"황조는 거만해서 항상 저를 무시합니다. 장군께서는 장수를 아끼신다기에 이렇게 찾아왔습니다. 부디 저를 받아 주십시오."

"용맹한 장수가 스스로 왔는데 어찌 거절하겠소."

손권은 기뻐하며 감녕을 부하로 삼았습니다. 손권은 손수 군사를 이끌고 강하로 싸우러 나갔습니다.

이 소식을 들은 황조도 배를 이끌고 싸우러 나왔습니다. 황조는 큰 밧줄로 배들을 나란히 묶어서 장강을 가로막았습니다. 배에는 화살과 쇠뇌를 잔뜩 마련해 두었습니다. 쇠뇌는 쇠로 된 발사 장치가 달린 활로 여러 개의 화살을 연달아 쏠 수 있는 무기입니다.

황조와 손권의 배가 넓은 장강에서 만났습니다. 기다리고 있던 황조의 배들에서 화살과 쇠뇌가 일제히 손권의 배들에 날아들었습니다. 손권의 병사들은 겁을 먹고 배들을 뒤로 물렸습니다. 이것을 보고 감녕이 소리쳤습니다.

"물러나지 마라! 병사들은 어서 작은 배로 옮겨 타라!"

병사들이 작은 배로 옮겨 타자 감녕이 앞장서서 물살을 가르며 나아갔습니다. 감녕이 거느린 병사들은 비 오듯 날아오는 화살을 두려워하지 않고 적의 배들로 다가갔습니다. 그리고 칼을 뽑아 적의 배들을 엮고 있던 밧줄을 끊었습니다. 그러자 황조의 배들이 뿔뿔이 흩어졌습니다.

그 순간 손권의 배들이 한꺼번에 몰려들었습니다. 배끼리 부딪치고 병사들이 서로 다른 편 배에 올라 싸움을 벌였습니다. 수가 많은 손권의 군사는 황조의 군사를 크게 무찔렀습니다.

황조는 놀라서 육지로 도망쳤습니다. 그것을 보고 감녕이 얼른 활을 쏘았습니다. 황조가 화살을 맞고 굴러 떨어졌습니다.

"와아아, 황조가 죽었다!"

손권의 병사들이 갑판 위에서 발을 구르며 함성을 질렀습니다. 손권은 크게 이기고 강동으로 돌아갔습니다.

이때 유비는 손권의 승리를 전해 듣고 근심에 사로잡혔습니다.

"북쪽에서는 조조가, 남쪽에서는 손권이 형주를 노리는

구나."

제갈량은 이 말을 듣고도 느긋한 표정을 지었습니다.

"주공, 아무 염려 마십시오. 제게 다 생각이 있습니다."

유비는 그래도 걱정이라는 듯이 깊은 한숨을 내쉬었습니다.

한편, 허도에서는 조조가 황제보다 더 큰 권세를 누리며 지내고 있었습니다. 그러고도 모자라 형주와 강동을 빼앗을 욕심을 냈습니다.

'이제 유비와 손권만 남았군.'

조조는 자나 깨나 유비와 손권을 물리칠 궁리만 했습니다. 하루는 부하 하후돈이 말했습니다.

"요즘 유비가 신야성에서 군사를 모으고 있답니다. 유비가 더 힘을 기르기 전에 없애는 게 좋겠습니다. 제가 싸워서 한번에 유비와 제갈량을 사로잡겠습니다. 만약 실패하면 목숨을 바치겠습니다."

조조는 하후돈에게 십만의 군사를 주어 쳐들어가게 했습니다.

얼마 뒤 하후돈이 십만 군사를 이끌고 쳐들어온다는 소식이 신야성에 전해졌습니다. 유비의 군사는 겨우 수천에 지나지 않았습니다.

그러나 제갈량은 눈썹 하나 까딱하지 않았습니다. 이미 머릿속에는 하후돈과 싸울 작전이 완벽하게 섰기 때문이었습니다.

"여기서 박망파가 멀지 않습니다. 그곳으로 하후돈을 꾀어내 무찌르겠습니다. 다만 관우와 장비가 제 말을 잘 들을지 걱정입니다."

그러자 유비가 장군 도장을 주며 말했습니다.

"이걸 받으십시오. 지금부터 공명 선생이 하는 말은 내가 하는 말과 같습니다."

"이렇게 저를 믿어 주시니 주공의 은혜에 반드시 보답하도록 하겠습니다."

제갈량은 작전 명령을 내리기 위해 모든 장수들을 불러 모았습니다.

"형님, 공명이 어떻게 하나 지켜봅시다."

장비와 관우는 잔뜩 의심을 품고 제갈량에게 갔습니다. 제갈량은 먼저 조운에게 말했습니다.

"조운은 늙은 군사 일천 명을 이끌고 나가 하후돈의 군사와 싸우시오. 하지만 절대로 이겨서는 안 돼오. 이기지

말고 지기만 하시오."

"늙은 군사를 이끌고 가라는 것도 이상한데, 이기지 말고 지기만 하라니요?"

조운이 고개를 갸우뚱하며 의아해하자 제갈량이 엄한 목소리로 말했습니다.

"그대는 명령대로만 하시오."

제갈량은 관우의 양아들 관평과 유비의 양아들 유봉에게도 명령을 내렸습니다.

"그대들은 오백 명의 군사를 거느리고 박망파 뒤 수풀 속에 숨어서 기다리시오. 그러다가 하후돈이 도착하거든 곧바로 수풀에 불을 지르시오."

이번에는 제갈량이 관우와 장비를 바라보았습니다.

"박망파 왼쪽과 오른쪽에 숲이 있습니다. 관우와 장비는 군사 일천씩을 거느리고 숲에 숨어 있다가 적의 군량을 불태우도록 하시오."

작전 명령이 모두 끝났습니다.

유비가 제갈량에게 물었습니다.

"나는 무얼 한단 말이오?"

"주공께서는 박망파 언덕에 숨어 있다가 조운을 도와서

도망치는 적을 무찔러 주십시오."

제갈량의 말이 끝나기가 무섭게 관우가 물었습니다.

"그러면 선생이 하는 일은 무엇이오?"

"나는 신야성을 지키며 잔치 준비를 하고 있겠소."

이 말에 장비가 비웃으며 말했습니다.

"선생은 가만히 앉아서 놀겠다는 거요?"

그러자 제갈량이 두 눈을 부릅뜨며 말했습니다.

"내게 장군 도장이 있으니 명령을 어기는 자는 누구든지 목을 베겠소!"

관우와 장비는 제갈량의 호통에 깜짝 놀라서 입을 다물고 물러났습니다. 밖으로 나오며 관우가 장비에게 속삭였습니다.

"어디 공명의 작전이 맞는지 두고 보기로 하자."

마침내 하후돈이 군사를 이끌고 박망파 가까이에 이르렀습니다. 하후돈이 앞으로 나아가는데 조운이 군사를 이끌고 앞을 가로막았습니다. 조운의 군사가 모두 늙고 힘없어 보이자 하후돈은 비웃었습니다.

조운은 작전대로 하후돈에게 달려들어 싸우다가 말을 돌려 달아나기 시작했습니다. 하후돈은 신이 나서 조운의 뒤를 쫓았습니다. 하후돈과 군사들은 박망파의 좁은 산길로 접어들었습니다.

어느새 날이 저물었습니다. 하후돈은 군사를 이끌고 골짜기 깊숙한 곳까지 뒤쫓아 오게 되었습니다. 그곳은 한 치 앞도 내다볼 수 없을 만큼 어두웠습니다. 그때 하후돈의 부하가 걱정스럽게 말했습니다.

"사방에 마른 억새풀과 나무가 빽빽합니다. 게다가 바람도 거세니 만일 적이 불로 공격하면 어떻게 합니까? 빨리 이곳을 벗어나는 것이 좋겠습니다."

하후돈은 그제야 깜짝 놀랐습니다.

"내가 왜 그 생각을 못했을까? 어서 물러나야겠다. 모두 말을 돌려라!"

그러나 이 말이 끝나기도 전에 억새밭에서 불길이 일어났습니다. 관평과 유봉이 숨어 있다가 불을 지른 것입니다. 불길은 바람을 타고 퍼져 나갔고, 골짜기는 눈 깜짝할 사이에 불바다가 되었습니다.

"부, 불이야!"

하후돈의 병사들이 비명을 지르며 허둥거렸습니다. 도망치려다가 서로 밟고 밟혀서 죽고 다치는 병사가 수없이

많았습니다.

"하후돈, 건방진 놈아! 이때를 기다렸다!"

도망치기만 하던 조운이 유비와 함께 나타나 하후돈의 군사에게 달려들었습니다.

하후돈은 불길과 연기 속을 뚫고 달아났습니다. 그러자 숲에 숨어 있던 관우와 장비가 뒤에서 공격해 군량과 말먹이를 실은 하후돈의 수레를 모두 불태웠습니다.

날이 밝자 적들의 시체가 온 산과 들을 뒤덮었습니다. 관우와 장비는 승리를 거두고 돌아가며 제갈량의 지략에 감탄했습니다.

"공명 선생은 참으로 대단한 분이시다."

"맞습니다. 우리가 미처 몰라보았습니다."

유비와 장수들이 신야성 가까이 이르니 제갈량이 마중 나와 있었습니다. 관우와 장비가 엎드려 공손히 절을 올렸습니다.

"저희가 무례하게 굴었던 것을 용서해 주십시오. 앞으로는 선생의 말씀에 무조건 따르겠습니다."

제갈량은 껄껄 소리 내어 웃으며 두 사람을 일으켰습니다. 그리고 준비해 둔 잔치를 벌였습니다.

싸움에서 지고 허도로 돌아간 하후돈은 자기 몸을 밧줄로 묶고 조조 앞에 엎드렸습니다.

"싸움에서 졌으니 약속대로 목숨을 바치겠습니다."

조조가 밧줄을 풀어 주며 하후돈을 달래자 하후돈이 말했습니다.

"유비가 더 큰 힘을 갖기 전에 꼭 무찌르겠습니다."

"알았네. 나도 더 이상 참을 수 없어. 내 당장 유비가 있는 형주를 쓸어버리겠네."

조조는 무려 오십만이 넘는 군사를 새로 일으켰습니다. 군사를 모두 다섯 무리로 나누고 한 무리는 자기가 이끌기로 했습니다. 마침내 조조의 오십만 대군은 형주를 향해 떠났습니다.

이때 형주에는 큰 근심이 있었습니다. 유표가 병에 걸린 것입니다. 나이가 많은 유표는 자기 병이 낫기 어렵다고 생각하고 유비를 불렀습니다.

유비가 제갈량과 함께 부리나케 달려왔습니다.

"내가 죽을 날이 멀지 않은 것 같소. 두 아들이 있지만 아직 어리고 부족하니 내가 죽거든 황숙이 형주를 맡아 다스려 주시오."

유표가 힘겹게 말하자 유비가 무릎을 꿇고 대답했습니다.

"형주는 두 아드님이 다스리고, 저는 옆에서 두 아드님을 돕겠습니다."

유표는 미소를 띠며 유비의 손을 잡았습니다.

"황숙의 마음이 그렇다면 큰아들 유기를 잘 부탁하오."

그때 조조의 오십만 대군이 쳐들어온다는 소식이 전해졌습니다. 조조가 쳐들어온다는 소식에 유표의 병은 더욱 깊어졌습니다.

'죽기 전에 큰아들 얼굴이라도 봐야겠다.'

유표는 큰아들에게 형주를 다스리게 하고, 어려운 일은 유비와 의논하라고 말해 줄 생각이었습니다. 유표는 채모에게 강하성에 있는 유기를 불러오라고 말했습니다.

"그렇지 않아도 제가 이미 사람을 보냈습니다."

하지만 채모는 유기에게 소식을 알리지 않았습니다. 채모와 채부인은 둘째 아들 유종에게 형주를 다스리게 하려고 거짓말을 했습니다.

얼마 뒤 유표가 세상을 떠났습니다. 채부인과 채모는 거짓으로 유서를 만들어서 유종이 형주를 다스리도록 했습니다.

결국 열네 살인 유종이 형주의 주인이 되고, 채부인과 채모가 모든 일을 도맡아 처리했습니다. 유기와 유비에게는 유표가 죽었다는 소식도 알리지 않았습니다.

그때 조조의 대군이 양양성 가까이에 이르렀습니다. 어린 유종이 채모와 채부인을 불러 의논했습니다.

"외삼촌, 유기 형님과 유황숙께 도와달라고 부탁해요."

"안 된다. 차라리 조조에게 항복하고 벼슬이나 달라고 하는 게 좋겠다."

"아버지가 다스리던 땅을 조조에게 바친다고요?"

"외삼촌 말씀이 옳다. 항복하면 조조가 벼슬을 줄 거야."

결국 어린 유종은 항복한다는 편지를 써서 조조에게 보냈습니다. 편지를 받은 조조는 크게 기뻐했습니다.

"유종이 항복한다고? 이제 유비만 물리치면 되겠구나."

뒤늦게 유표가 죽었다는 사실을 알게 된 유비는 소리 내어 울기 시작했습니다.

"당장 양양성으로 가서 못된 무리를 내쫓고 성을 차지합시다."

모두 한결같이 말했습니다. 그러나 유비는 고개를 저으며 허락하지 않았습니다.

"나는 유표 장군에게 두 아들을 도와 양양성을 지키겠다고 약속했소."

이때 한 군사가 달려와 숨을 헐떡이며 말했습니다.

"조조의 군사가 박망파까지 이르렀습니다."

유비는 놀라서 제갈량을 바라보았습니다.

"주공께서는 염려 마십시오. 이번에는 불과 물을 써서 조조를 쫓아 버리겠습니다. 우선 백성들을 번성으로 옮기십시오."

제갈량이 눈을 빛내며 말했습니다.

"관우는 군사를 이끌고 백하강으로 나가 모래 가마니로 강물을 막으시오. 새벽에 강 아래쪽에서 소리가 나면 둑을 터뜨리시오."

"장비는 군사를 이끌고 나루터에 가서 숨으시오. 새벽에 조조의 군사가 오면 거침없이 공격하시오."

관우와 장비가 군사를 이끌고 떠났습니다. 제갈량이 다시 조운에게 말했습니다.

"조조의 군사는 분명 신야성에서 하룻밤 묵을 거요. 조운은 성벽에 가까운 초가 지붕에 불에 잘 타는 물건을 많이 감추시오. 군사들을 동문, 서문, 남문, 북문 근처에 숨어 있게 했다가 조조의 군사가 초가에 들면 동문만 남겨 두고 일제히 불화살을 쏘게 하시오."

얼마 뒤 조인을 앞세운 조조의 군사가 신야성으로 몰려왔습니다. 조인이 성에 이르니 성문이 활짝 열려 있고 성안은 쥐 죽은 듯이 고요했습니다.

"놈들이 우리가 무서워 도망쳤군그래. 오늘 밤은 여기서 쉬고 내일 다시 놈들을 쫓도록 합시다."

조조의 병사들은 밥을 지어 먹고 세상모르고 잠에 빠졌습니다.

밤이 깊어지자 성 밖에 숨어 있던 조운이 군사들에게 명령했습니다.

"성안으로 불화살을 쏘아라!"

성안의 초가로 불화살이 날아들자 불길은 바람을 타고 성으로 번졌습니다.

조인과 군사들은 아직 동문 쪽이 불길에 휩싸이지 않은 것을 보고 그곳으로 도망쳤습니다. 이때 서로 밖으로 먼저 나가려고 하다가 넘어져서 밟혀 죽은 사람이 수없이 많았습니다. 조인의 군사가 간신히 동문 밖으로 빠져나오자 숨어 있던 조운이 거느린 군사가 뒤를 쳤습니다.

조운의 군사에 쫓기며 싸우느라 지친 조인의 군사가 백하강에 이르렀습니다. 강물은 아주 얕았습니다.

"어서 강을 건너자."

조인은 군사를 이끌고 강물로 뛰어들었습니다. 그때 강 위쪽에서 거센 물살이 밀려왔습니다. 관우가 강물을 막고 있던 둑을 터뜨린 것입니다. 조인의 부하들이 물살에 휩쓸려 떠내려갔습니다.

조인은 살아남은 부하들을 이끌고 물살이 느린 나루터로 달아났습니다. 그런데 또다시 함성이 일어나며 한 떼의 군사가 나타났습니다.

"조인아, 장비가 너를 기다리고 있었다!"

장비가 장팔사모를 휘두르며 들이닥쳤습니다. 조인은 남은 군사를 모아서 불탄 신야성으로 쫓겨 돌아갔습니다. 신야성에서 기다리고 있던 조조는 조인이 크게 지고 돌아오자 길길이 날뛰었습니다.

"용맹한 우리 장수들이 어찌하여 계속 지기만 하느냐. 군사를 모두 이끌고 가서 번성을 가루로 만들어 버리겠다!"

조조는 곧바로 군사를 이끌고 번성으로 떠났습니다.

유비의 장수들은 싸움에서 크게 이기고 모두 번성으로

모였습니다. 번성에 모인 장수들이 한숨 돌리기도 전에 조조가 쳐들어온다는 소식이 전해졌습니다.

제갈량이 말했습니다.

"아무래도 조조의 대군을 이기기는 어렵습니다. 형주의 요충지인 강릉성으로 피하는 게 좋겠습니다."

유비가 머리를 가로저었습니다.

"우리가 강릉성으로 가면 백성들은 어떻게 한단 말이오?"

"우리를 따르는 사람만 데리고 가지요."

이 소식을 듣고 백성들이 한결같이 말했습니다.

"우리는 죽는 한이 있어도 유황숙을 따라가겠습니다."

백성들은 다시 보따리를 짊어지고 나섰습니다. 이리저리 도망 다니느라 거지꼴이 된 백성들을 보고 유비는 주먹으로 가슴을 쳤습니다.

"나 한 사람 때문에 백성들이 죽을 고생을 하는구나."

유비는 눈물을 흘렸습니다.

백성들 중에는 노인과 어린아이가 많았습니다. 그래서 유비 일행은 하루에 겨우 십여 리씩밖에 못 갔습니다. 그러자 제갈량이 말했습니다.

"조조가 뒤쫓을 테니 강하성의 유기에게 도움을 청하십

시오."

유비가 곧장 관우를 강하성으로 보냈습니다.

한편, 조조가 대군을 이끌고 도착했을 때 번성은 이미 텅 비어 있었습니다.

"양양성으로 가서 군사를 정비해 유비를 공격한다."

조조는 잔뜩 약이 올라서 양양성으로 갔습니다. 항복한 채모가 성 밖까지 마중을 나왔습니다.

"그대를 수군 대도독으로 삼을 테니 수군을 잘 이끄시오."

조조의 군사는 육지에서만 싸워서 물에서 배를 타고 싸우는 수군이 없었습니다. 조조는 채모를 이용해서 수군을 기르다가 쓸모가 없어지면 내쫓아 버릴 생각이었습니다.

유종과 채부인에게는 형주에서 수천 리나 떨어진 곳에서 살라고 명령을 내렸습니다. 유종과 채부인은 양양성을 떠날 수밖에 없었습니다. 조조는 조용히 부하 우금을 불렀습니다.

"유종과 채부인은 비겁한 자들이다. 나중에 해가 될지 모르니 뒤쫓아 가서 죽여 버려라."

우금은 서둘러 유종을 쫓아갔습니다. 채부인이 유종을 안고 울면서 빌었지만 우금은 유종 일행을 모조리 죽이고

말았습니다.

　조조는 장수들을 불러 명령을 내렸습니다.

　"유비의 무리를 쫓아가 모두 무찔러라!"

　이때 유비는 십만이나 되는 백성과 삼천의 군사를 거느리고 강릉성으로 가고 있었습니다. 조운이 유비의 가족을 보호하고, 장비는 맨 뒤에서 백성들을 보호했습니다.

　"강하로 간 관우에게서는 왜 아무 소식이 없는지……. 이번에는 공명께서 강하로 가 보십시오."

　유비는 제갈량에게 오백의 군사를 주어 강하로 보냈습니다.

　어느덧 날이 저물었습니다. 장판파라는 곳에 이르러 유비가 말했습니다.

　"오늘 밤은 여기서 머물도록 합시다."

　그러자 아랫사람 간옹이 말했습니다.

　"제가 점을 쳐 보니 아무래도 오늘 밤 나쁜 일이 생길 것 같습니다. 주공께서는 먼저 몸을 피하십시오."

　"그런 말 마시오. 나만 살자고 백성을 버릴 수는 없소."

　유비의 말에 군사와 백성들은 잘 만한 곳을 찾아 들판과 산언덕 곳곳으로 흩어졌습니다. 초겨울의 바람은 너무나 차가웠습니다. 아이들은 칭얼대고 병든 사람들은 끙끙 앓았습니다. 그런데 땅을 울리는 말발굽 소리가 났습니다.

"조조의 군사가 나타났다!"

조조의 군사들이 칼과 창을 휘두르며 달려왔습니다. 유비가 서둘러 맞서 싸웠지만 포위되고 말았습니다.

"형님, 저를 따르십시오."

유비는 장비를 따라서 겨우 도망쳤습니다. 날이 밝을 무렵에야 말을 멈추었는데, 유비를 따르는 사람은 겨우 백여 명이었습니다. 백성들, 여러 장수들, 가족들 모두 뿔뿔이 흩어졌습니다.

이때 조운은 서른 명의 병사를 이끌고 유비의 가족을 찾고 있었습니다.

"어서 두 부인과 유선 도련님을 찾아라!"

조운은 그동안 유비 가족을 보호해 왔습니다. 그런데 조조의 습격을 받고 싸우느라 그만 헤어지고 만 것입니다.

조운은 계속 말을 달렸습니다. 얼마 가지 않아 도망치고 있는 한 무리의 백성들을 만났습니다.

"여기 감부인이 계십니까?"

감부인은 유비의 첫째 부인입니다. 감부인은 백성들의

무리 속에 숨어 있었습니다.

"조장군, 저 여기 있어요!"

조운은 감부인을 데리고 장판교 쪽으로 달려갔습니다. 장판교에는 이미 장비가 기다리고 있었습니다.

"장군, 저는 미부인과 도련님을 찾겠습니다."

조운은 다시 사방을 헤매다가 우물 앞에서 아기를 품에 안고 있는 미부인을 발견했습니다.

"미부인, 여기 계셨군요. 유선 도련님은 무사하십니까?"

"아기는 무사합니다. 그런데 저는 다리에 창을 맞아 움직일 수 없습니다. 아이를 데리고 떠나세요. 저는 살 수 없을 것 같아요."

"안 됩니다. 어서 말에 오르십시오. 저는 걸으면서 싸워 적들을 뚫고 나가겠습니다."

그때 멀리서 적의 함성이 들려왔습니다.

"싸움하는 장군은 말이 없으면 안 됩니다. 자칫하다간 아이마저 목숨이 위태로우니 조장군은 어서 떠나세요!"

미부인은 품에 안고 있던 유선을 조운에게 건넸습니다. 그러고는 마른 우물 속으로 몸을 던졌습니다. 조운은 눈물을 흘리며 우물을 허물어 미부인을 묻어 주었습니다.

조운은 갑옷 속에다 유선을 품고 창을 쥔 채 말에 올랐습니다. 어느새 조조의 병사들이 조운에게 달려들었습니다.

"감히 누구에게 덤비느냐!"

조운이 창을 휘두르자 조조의 병사들이 쓰러졌습니다.

조조의 장수들도 조운에게 달려들었지만 적수가 되지 않았습니다. 조운은 겹겹으로 에워싼 장수와 병사들을 칼과 창으로 헤치고 나아갔습니다.

조운이 싸우는 것을 보고 조조가 소리쳐 물었습니다.

"네 이름이 무엇이냐?"

"나는 상산 사람 조자룡이다!"

조운이 우렁차게 대답하자 조조는 크게 감탄했습니다.

"호랑이 같은 장수로구나. 조운을 사로잡아 부하로 삼고 싶으니 함부로 활을 쏘아 죽이지 마라."

이 말에 조조의 병사들은 조운에게 덤비지 않았습니다. 그래서 조운은 무사히 포위를 뚫고 빠져 나갔습니다.

조운의 칼과 창에 목숨을 잃은 조조의 장수는 오십여 명이 되었습니다. 이때부터 사람들은 조운을 '상산의 호랑이'라고 불렀습니다.

조운은 장판교를 지나 유비를 찾아갔습니다.

"주공, 가족을 지키지 못한 저에게 벌을 내려 주십시오."

조운은 엎드린 채로 흐느꼈습니다.

"아니오. 모두 내가 어리석은 탓이오."

유비도 눈물을 글썽이며 조운의 어깨를 다독거렸습니다.

한편, 조운이 장판교 쪽으로 도망치자 조조의 대군이 장판교를 향해 달려왔습니다. 장비가 홀로 다리 한가운데 서서 조조의 대군을 기다렸습니다.

'저들을 물리칠 좋은 수가 없을까?'

마침 장비의 뒤쪽에는 숲이 펼쳐져 있었습니다. 장비는 한 가지 꾀를 생각해 내고 병사들에게 말했습니다.

"너희는 말 꼬리에 나뭇가지를 묶고 숲 속을 뛰어다녀라."

잠시 뒤 숲 속에서 자욱하게 먼지가 일었습니다. 마치 숲 속에서 수많은 군사가 서성거리고 있는 것 같았습니다.

마침내 조인, 하후돈, 장요를 비롯한 조조의 장수들이 장판교에 이르렀습니다. 악진과 허저도 도착했습니다. 조조의 장수들은 다리에 홀로 서 있는 장비를 보았습니다.

"저것 보게. 장비 혼자뿐이지 않나."

한 장수가 말하자 제갈량에게 여러 차례 속은 조인이 겁을 먹고 대꾸했습니다.

"다리 건너 숲을 보시오. 군사가 숨어 있는 것 같소. 함부로 덤비지 말고 승상께 알립시다."

얼마 뒤 조조가 달려왔습니다.

"내가 예전에 관우 장군에게 들었다. 장비 장군은 백만 군사 속에서 대장의 목을 베어 오는 것을 우습게 여긴다고 한다. 함부로 덤비지 마라."

그 말이 끝나기 전에 장비가 두 눈을 부릅뜨며 우뢰 같은 고함을 질렀습니다.

"나와 싸우겠느냐, 물러가겠느냐?"

이 소리에 하후걸이란 조조의 장수가 놀라서 말에서 떨어졌습니다. 조조도 놀라서 말머리를 돌려 도망쳤습니다.

이렇게 해서 장비 혼자 조조의 대군을 물리쳤습니다. 유비는 장비의 어깨를 다독거리며 말했습니다.

"조조는 강릉성으로 갈 테니 우리는 강하성으로 가자."

유비는 유기가 지키고 있는 강하성을 향해 길을 재촉했습니다.

제갈량의 세치혀

유비가 강하성으로 간다는 소식을 들은 조조는 정신없이 말을 달려 유비를 뒤쫓았습니다. 한참을 달리다 보니 유비 일행이 한진을 향해 가는 것이 보였습니다.

"마지막 힘을 내서 유비를 사로잡아라!"

조조의 말에 장수와 군사들이 함성을 지르며 유비를 향해 달려들었습니다. 그런데 갑자기 산언덕에서 한 떼의 군사가 나타났습니다.

"오랫동안 여기서 기다리고 있었다!"

적토마를 탄 관우가 청룡도를 휘두르며 달려왔습니다.

"내가 또 제갈량의 속임수에 빠졌구나!"

조조는 군사를 거느리고 강릉성 쪽으로 물러갔습니다. 관우는 멀리까지 조조를 뒤쫓다 유비에게 돌아왔습니다.

"형님, 배를 준비해 두었습니다. 그러니 강하성으로 어서 피하시지요."

유비 일행은 서둘러 배에 올랐습니다. 강 아래쪽에서 북소리가 커다랗게 울리더니 유기가 수많은 배를 이끌고 다가왔습니다.

"황숙께서 조조에게 몰려 어렵게 되었다는 말을 듣고 왔습니다. 제가 너무 늦어 죄송합니다."

그때 갑자기 강을 가로막으며 여러 척의 배들이 또다시 나타났습니다.

뱃머리에는 제갈량이 서 있었습니다. 제갈량은 유비를 향해 손을 흔들며 말했습니다.

"제가 주공을 마중 나왔습니다. 저는 강하성에서 관우 장군을 만났습니다. 마침 유기 공자가 군사를 빌려 주어 관우 장군에게 먼저 한진으로 가라고 했지요. 저는 주공께서 한진으로 올 거라고 생각하고 있었습니다."

"공명 선생이 아니었다면 나는 이미 죽은 목숨이로군."

유비는 빙그레 웃으며 자기 목을 매만졌습니다. 그것을

보고 배에 탄 사람들이 모두들 소리 내어 웃었습니다.

"이제 우리는 어디서 지내야 할까요?"

"이제부터는 장강을 끼고 수군끼리 싸우는 전쟁이 시작될 겁니다. 우리는 유기 공자와 함께 강하성을 지켜야 합니다. 조조는 물에서 싸우는 수전에 약하니, 힘센 수군을 가진 손권과 손잡고 조조를 물리쳐야 합니다."

"손권이 힘없는 우리와 손을 잡을까요?"

"염려 마십시오. 곧 강동에서 우리에게 사람을 보내올 것입니다. 그럼 제가 그 사람을 따라 강동으로 가서 세 치 혀로 손권을 조조와 싸우게 만들겠습니다."

유비는 고개를 갸웃거리며 유기를 따라 강하성으로 갔습니다.

이때 강동의 손권은 조조가 형주 땅을 차지한 것을 알았습니다.

"이러다가 조조가 우리 강동까지 노리는 게 아니냐?"

손권은 놀라서 노숙을 불러 의논했습니다.

"조조가 양양성을 빼앗고 강릉성까지 왔으니 어쩌면 좋겠소?"

"형주는 반드시 우리가 차지해야 합니다. 그러기 위해서 먼저 유비와 손을 잡으십시오."

"유비와 손을 잡으라고요?"

"얼마 전에 유표가 죽었습니다. 제가 그 일을 위로한다는 핑계를 대고 유비에게 가서 형편을 살피고 오겠습니다."

손권은 이를 승낙하고 노숙을 강하성으로 보냈습니다. 노숙이 강하성에 도착하자 유비는 깜짝 놀랐습니다.

"공명의 말이 옳았소. 정말 강동에서 사람이 왔구려."

"노숙은 우리를 염탐하러 왔습니다. 제가 노숙을 따라가서 손권과 조조가 싸우도록 만들겠습니다."

공명의 말을 듣고 유비는 마음이 든든해졌습니다.

조조는 강릉성에서 유비와 손권을 무찌를 궁리만 했습니다.

'먼저 손권을 꾀어내 유비부터 무찔러 버리자.'

조조는 이렇게 생각하고 손권에게 편지를 보냈습니다. 손권이 항복해 함께 유비를 무찔러 주면 형주 땅의 절반을 주겠다는 내용이었습니다.

강동의 시상에 머물던 손권은 조조의 편지를 받고 깜짝 놀랐습니다.

"아니, 이럴 수가! 감히 나에게 항복을 하라고? 노숙이 돌아오면 다시 의논해야겠다.”

얼마 뒤 강하에서 노숙이 돌아왔습니다. 제갈량도 함께였습니다. 노숙은 제갈량이 손권을 설득해서 조조와 싸우게 되기를 바랐습니다.

노숙은 제갈량과 함께 손권의 방으로 가며 말했습니다.

“우리 주공을 만나거든 조조의 군사가 많다고 하지 마십시오. 그래야 주공이 조조와 싸울 마음을 갖게 됩니다.”

공명은 고개를 끄덕였습니다.

두 사람이 손권의 방 앞에 이르자 손권이 뜰로 내려와 정중히 맞이했습니다.

“제가 천하의 인재 두 분을 한자리에서 만나는군요.”

손권은 제갈량을 보고 정중하게 물었습니다.

“선생께서는 세상일을 두루 아는 분이라고 들었습니다. 부디 좋은 가르침을 주십시오.”

제갈량도 단정한 태도로 대답했습니다.

“재주는 없지만 아는 대로 말씀드리겠습니다.”

“지금 조조의 군사가 백만이나 된다는 게 사실입니까?”

“육군과 수군을 합쳐서 백만이 훨씬 넘고, 또 하나같이 매우 용맹합니다.”

공명은 일부러 조조 군사의 수를 늘려서 대답했습니다. 노숙이 놀라서 공명을 쳐다보았습니다. 손권도 깜짝 놀라 물었습니다.

"그렇다면 우리가 조조에게 항복하는 게 좋겠습니까, 아니면 싸우는 게 좋겠습니까?"

"장군께서 조조의 백만 대군을 이길 수 있겠습니까? 잘못하다가는 모두 죽으니 하루빨리 항복하는 게 좋겠습니다."

손권이 조금 언짢은 표정을 지으며 다시 물었습니다.

"그런데 힘없는 유황숙은 왜 조조에게 항복하지 않는 것입니까?"

"우리 주공께서는 황제 폐하를 섬기고 백성을 사랑하는 분입니다. 그런데 힘이 좀 약하다고 어찌 역적에게 항복하겠습니까?"

그러자 손권이 자리에서 벌떡 일어났습니다. 그리고 몹시 화난 표정을 지으며 방으로 들어가 버렸습니다.

제갈량은 손권을 화나게 해서 조조와 싸우게 만들려는 것입니다.

노숙은 손권을 뒤쫓아 갔습니다.

"주공께서는 왜 그렇게 화를 내십니까?"

노숙이 묻자 손권이 화를 내며 말했습니다.

"공명은 나를 조조 같은 역적에게 항복할 사람이라고 생각하는가 보오."

"화를 푸시고 공명에게 조조를 이길 수 있는 방법을 물어보십시오."

노숙이 손권을 달래 다시 제갈량을 불렀습니다. 제갈량이 방으로 들어와 손권에게 머리를 조아렸습니다.

"제가 말을 함부로 해서 장군을 화나게 했습니다. 부족한 저를 용서해 주십시오."

"아니오. 나도 역적에게 항복할 수는 없소. 하지만 무슨 수로 조조의 백만 대군을 물리친단 말이오?"

"조조의 군사는 땅에서는 강하지만 물에서는 약합니다. 강동의 용맹한 수군이라면 장강에서 충분히 이길 수 있습니다."

이 말에 손권은 환하게 미소를 지으며 조조와 싸우기로 결심했습니다. 하지만 손권은 불안한 마음을 떨칠 수 없었습니다. 그러다 문득 주유가 떠올랐습니다.

'아차, 돌아가신 손책 형님께서 어려운 일이 생기면 주유 장군에게 물어보라고 하셨지.'

그 무렵 주유도 조조의 백만 대군이 형주의 강릉성까지 이르렀다는 소식을 듣고 시상에 달려왔습니다.

'주유를 만나 조조와 싸우자고 설득해야겠군.'

주유가 온 것을 안 노숙과 제갈량이 주유를 마중 나갔습니다.

주유 역시 조조에게 항복을 하자는 의견을 내놓았습니다. 그런데 제갈량은 주유에게 인사만 하고 가만히 앉아 웃고만 있었습니다. 노숙과 한참 이야기를 나누던 주유가 제갈량에게 물었습니다.

"공명 선생은 왜 웃고만 계시오?"

"두 분의 이야기가 우스워서 그러지요."

주유가 얼굴을 찌푸리며 물었습니다.

"그럼 선생의 생각은 싸우는 것이오, 항복하는 것이오?"

"조조는 천하의 영웅이라 그를 이길 수 있는 사람은 아무도 없습니다. 그러니 주장군도 어서 항복하는 게 좋을 것입니다."

이 말에 주유는 버럭 화를 냈습니다.

"그럼 역적에게 무릎을 꿇으라는 말이오?"

"이기지 못할 테니 항복을 해서 목숨이라도 구해야지요.

조조는 힘센 원소도 이겼는데 주장군을 두려워하겠소?"

"나는 죽었으면 죽었지 항복은 절대로 못 하오! 조조와 싸울 테니 선생이 나를 도와주시오."

"그렇다면 제가 목숨을 걸고 장군을 돕겠습니다."

제갈량은 주유에게 머리를 숙였습니다.

이튿날, 주유는 손권을 만나러 갔습니다.

"주도독의 생각은 어떻습니까?"

"어찌 역적에게 항복하겠습니까? 조조와 싸워 이기고 말겠습니다."

"하지만 조조의 백만 대군을 어떻게 물리친단 말이오?"

손권이 걱정스레 묻자 주유가 자신만만하게 대답했습니다.

"조조의 군사는 먼 길을 달려와서 몹시 지쳐 있습니다. 게다가 우리보다 수전에 약하니 장강에서는 반드시 우리가 이깁니다."

이 말에 손권은 자기도 모르게 벌떡 일어섰습니다.

"공명의 말과 같구려. 그렇다면 역적 조조와 싸우겠소."

손권은 칼을 뽑아서 앞에 놓인 책상을 내리쳤습니다. 책상이 쩍 갈라지며 바닥에 나뒹굴었습니다.

"앞으로 조조에게 항복하자고 말하는 자는 모두 이렇게 만들어 주겠다. 지금부터 모든 장수들과 병사들은 주장군을 따르라!"

이리하여 모든 일이 제갈량의 생각대로 되었습니다. 노숙은 제갈량을 확실한 자기편으로 만들고 싶어서 한 가지 꾀를 냈습니다.

제갈근은 제갈량의 형으로, 학식이 뛰어난 선비입니다. 노숙의 소개로 오래전부터 손권 밑에서 일하고 있었습니다. 노숙은 제갈근을 이용해 제갈량의 마음을 돌려놓기로 했습니다.

노숙의 부탁을 받은 제갈근은 제갈량이 머물고 있는 집으로 갔습니다. 제갈량은 제갈근을 보고 반가워서 맨발로 달려 나왔습니다. 제갈근은 동생을 얼싸안았습니다. 제갈근이 제갈량을 보고 대뜸 물었습니다.

"너는 남의 나라 신하가 될 수 없어 산속에서 살다가 죽은 백이와 숙제 형제의 이야기를 아느냐?"

"예, 형님. 백이와 숙제 형제의 이야기는 잘 알고 있습니다. 그런데 왜 갑자기 그 이야기를 물으시는 겁니까?"

"백이와 숙제는 비록 굶어 죽었지만 함께 살았다. 그런데 우리 형제는 이게 무슨 꼴이냐. 너는 유황숙을 따르고, 나는 손장군을 따르다니. 손장군을 섬기며 나와 함께 살지 않겠느냐?"

이 말을 들은 제갈량은 한동안 생각에 잠겼다가 힘겹게 입을 열었습니다.

"형제끼리 함께 살자는 형님의 말씀은 옳습니다. 하지만 저는 유황숙과의 의리를 지키려고 합니다."

제갈근은 제갈량의 마음을 돌릴 수 없다고 생각하고 발길을 돌렸습니다.

이튿날, 주유는 장수들을 한자리에 불러 모았습니다.

"장수들은 군사를 이끌고 지금 즉시 장강으로 모이도록 하라!"

제갈량과 노숙도 주유를 따라 장강으로 향했습니다. 장강에 이르러 군사를 헤아려 보니 모두 오만이었습니다. 강동의 배 수천 척이 장강을 까맣게 뒤덮으며 늘어섰습니다.

그즈음 손권의 군사가 움직였다고 짐작한 유비는 유기에게 강하를 지키게 하고 장강과 더 가까운 번구에 진지를 세웠습니다. 유비는 강동으로 떠난 제갈량의 소식이 궁금해 미축을 불러 말했습니다.

"그대가 주유를 찾아가서 공명을 모시고 오시오."

미축은 배를 타고 강동에 있는 주유의 진지에 도착했습니다. 미축은 주유에게 선물을 올리며 말했습니다.

"공명 선생과 함께 돌아가려고 합니다. 유황숙께서 몹시 기다리고 계십니다."

이때 주유에게 문득 한 가지 생각이 떠올랐습니다.

'유비는 세상을 놓고 다투는 영웅이니 일찌감치 없애 버려야겠다.'

주유가 미축에게 말했습니다.

"유황숙과 함께 조조와 싸울 일을 의논하고 싶소. 나는 군사를 훈련시키느라 바쁘니 유황숙께서 이리로 오시면 어떻겠소?"

미축은 대답하고 서둘러 번구로 되돌아갔습니다.

주유는 곧 부하들에게 조용히 명령을 내렸습니다.

"유비가 곧 이리로 올 것이다. 잔칫상을 차리고, 힘센 무사 오십 명을 휘장 뒤에 숨겨 두어라. 내가 술잔을 떨어뜨리거든 당장 달려 나와 유비의 목을 베라."

한편, 유비는 미축의 말을 듣고 서둘러 배에 올랐습니다. 관우가 이 소식을 듣고 달려 나왔습니다.

"형님, 아직은 주유를 믿을 수 없습니다."

"같은 편끼리 서로 의심하면 되겠느냐?"

"그렇다면 제가 모시고 가겠습니다."

주유의 진지에 도착한 유비는 수많은 배와 용맹한 병사들을 보고 감탄했습니다. 이때 주유가 나와 반갑게 맞이했습니다.

"천하를 주름잡던 유황숙을 뵈니 영광입니다."

"저도 대도독을 만나게 되어 기쁩니다."

주유는 유비를 안으로 이끌었습니다. 주유의 천막 안에는 이미 잔칫상이 차려져 있었습니다. 제갈량은 강변에 나왔다가 멀리서 유비를 보고 깜짝 놀랐습니다.

'우리 주공이 온다는 걸 주유가 왜 내게 숨겼을까? 주유가 주공을 해치려고 하는구나!'

제갈량이 주유의 천막으로 달려가 유비의 주변을 살펴보니 휘장 뒤에 칼을 든 무사들이 수십 명 숨어 있는 것 같았습니다.

'이 일을 어쩌면 좋단 말이냐!'

그런데 유비 바로 뒤에 관우가 청룡도를 잡고 서 있었습니다. 제갈량은 관우를 보고 안도의 숨을 내쉬었습니다.

유비가 술에 취할 무렵 주유가 휘장 뒤의 무사들에게 신호를 보내려고 술잔을 들었습니다. 그런데 술잔을 바닥에 막 떨어뜨리려다가 관우와 눈이 마주쳤습니다. 관우는 청룡도를 들고 날카로운 눈초리로 주위를 살피고 있었습니다. 주유가 유비에게 물었습니다.

"황숙 뒤에 서 있는 사람은 누구입니까?"

"아, 내 아우 관우입니다."

"관우요? 관우라면 원소의 부하 안량과 문추를 한칼에 벤 장군 아닙니까?"

유비가 그렇다고 대답하자 주유의 등에서 식은땀이 주르륵 흘러내렸습니다.

'유비를 죽이려다 내가 관우의 손에 죽을 뻔했구나!'

주유는 놀란 가슴을 진정시키며 술잔을 슬그머니 탁자 위에 놓았습니다.

이 모습을 본 관우가 유비에게 눈짓을 보냈습니다. 어서 돌아가자는 뜻이었습니다. 관우는 아무래도 주유가 하는 짓이 의심스러웠습니다. 유비는 관우의 눈짓을 알아차리고 자리에서 일어섰습니다.

"대도독, 그만 돌아가야겠습니다. 다음에 또 뵙지요."

주유는 관우가 두려워 감히 유비를 붙잡지 못했습니다.

유비와 관우가 강가로 가니 그곳에 제갈량이 기다리고 있었습니다. 유비는 제갈량을 보자 너무나 반가웠습니다. 하지만 제갈량은 굳은 표정으로 말했습니다.

"만약 관우 장군이 없었다면 주공께서는 주유에게 목숨을 잃었을 것입니다."

"뭐라고요? 그렇다면 공명도 어서 나와 함께 번구로 돌아갑시다."

유비가 놀라며 제갈량의 팔을 잡아끌었습니다. 제갈량은 태연하게 팔을 빼며 말했습니다.

"저는 조금도 두렵지 않습니다. 여기서 주유를 도와 기어코 조조를 물리칠 테니 먼저 돌아가십시오."

"여기 더 머물겠다는 말씀입니까? 그러면 공명께서는 언제 오신단 말입니까?"

"저는 다가오는 십일월 이십일에 가겠습니다. 그날 주공께서는 조운 장군을 시켜 남쪽 강변에다 배 한 척을 대고 저를 기다리게 해 주십시오. 동남풍이 불기 시작하면 곧 돌아가겠습니다."

"동남풍이라니 그게 무슨 말입니까?"

"나중에 아시게 됩니다. 위험하니 어서 돌아가십시오."

제갈량이 대답은 하지 않고 자꾸만 유비의 등을 떠밀었습니다.

'왜 십일월 이십일일까? 그리고 동남풍은 또 뭘까?'

유비는 몹시 궁금했지만 제갈량이 시키는 대로 배에 올라 번구로 떠났습니다.

전쟁의 기운

"관우 때문에 좋은 기회를 놓쳤구나. 분하다, 분해!"

주유는 가슴을 치며 안타까워했지만 곧 조조와 싸울 채
비를 하기 시작했습니다. 그러던 어느 날, 조조가 주유에
게 편지를 보내 왔습니다. 편지의 겉봉에는 이렇게 씌어
있었습니다.

'한나라의 승상 조조가 신하 주유에게 쓰노라.'

주유는 겉봉을 읽더니 편지를 북북 찢었습니다.

"건방진 놈! 나에게 신하라고? 당장 저놈의 목을 베라!"

주유는 편지를 가지고 온 심부름꾼의 목을 베고 말았습니다. 이렇듯 주유는 성미가 불같았습니다.

"내일 아침 당장 조조와 싸우러 가겠다."

주유는 날이 밝자 수군을 이끌고 떠났습니다. 조조가 이 소식을 듣고 맞서 나왔습니다. 조조 역시 자기 심부름꾼을 죽인 것 때문에 주유에게 몹시 화가 나 있었습니다. 조조는 형주에서 항복한 채모를 앞세우고 자기는 수군의 뒤를 받쳤습니다.

양쪽 군사는 삼강구란 곳에서 마주쳤습니다. 삼강구는 강이 넓고 물살이 무척 거세었습니다.

주유는 감녕을 앞세웠습니다. 먼저 감녕의 배가 물살을 가르며 앞으로 나섰습니다. 감녕이 뱃전에서 외쳤습니다.

"쇠뇌와 화살을 쏘아라!"

채모가 배들을 지휘해 맞서게 했지만 적수가 되지 못했습니다. 쇠뇌와 화살을 맞은 병사들이 수없이 강물 속으로 빠졌습니다. 조조의 병사들은 육지 사람들이라 물 위에서 싸우는 데에는 익숙하지 못했습니다. 배가 이리저리 흔들리자 조조의 병사들은 몸도 가누지 못하고 쓰러졌습니다.

강동의 수군은 강물 위를 마음대로 오가며 조조의 수군을

공격했습니다. 조조의 배들이 뒤집히고 수많은 병사들이 물에 빠져 죽었습니다.

조조의 군사는 크게 패하고 물러갔습니다. 조조는 진지로 돌아가서 채모를 꾸짖었습니다.

"강동의 군사는 얼마 되지 않는데 어찌하여 우리가 패했느냐? 네가 군사를 잘못 다스린 게 아니냐?"

채모가 벌벌 떨며 머리를 조아렸습니다.

"우리 군사가 수전에 익숙하지 못해서 그렇습니다."

"너는 앞으로 책임지고 수군을 훈련시켜라."

채모는 잔뜩 겁을 먹고 물러갔습니다. 채모는 그날부터 장강에서 군사들을 훈련시켰습니다. 병사들은 하루 종일 수전을 익혔고 밤에도 훈련을 멈추지 않았습니다.

주유는 한밤중에 바람을 쐬다가 강 저편에 수많은 등불이 대낮처럼 어둠을 밝히고 있는 것을 보았습니다. 주유가 배를 타고 가까이 다가가 살펴보니 채모가 밤도 잊은 채 병사들을 훈련시키고 있었습니다.

주유는 놀라며 속으로 생각했습니다.

'수전을 잘 아는 채모가 조조를 도우면 우리가 쉽게 이길 수 없지. 속임수를 써서 채모를 없애 버려야겠다.'

한편, 조조는 백만 대군을 가진 자신이 주유를 이기지 못한다는 생각에 분해서 어쩔 줄을 몰랐습니다.

"너희 가운데 주유를 물리칠 사람이 한 명도 없단 말이냐?"

그때 장간이 앞으로 나섰습니다.

"저는 어릴 적에 주유와 함께 공부한 사이입니다. 주유를 항복시켜 보겠습니다."

"정말이오?"

조조는 몹시 기뻐하며 얼른 허락했습니다.

장간은 주유의 진지에 이르러 병사에게 말했습니다.

"주유 대도독께 옛 친구 장간이 찾아왔다고 여쭈어라."

병사가 장간이 왔다는 말을 전하자 주유는 무릎을 치며 좋아했습니다.

'조조가 나를 항복시키려고 장간을 보냈군. 이번 기회에 거꾸로 속임수를 써서 채모를 없애야겠다.'

주유는 부하를 불러 뭐라고 이야기한 뒤 장간을 맞았습니다.

"자네는 나를 설득해서 항복시키려고 왔군?"

"옛 친구를 의심한단 말인가? 나를 믿지 못한다면 당장 돌아가겠네."

장간이 기분 나쁜 표정을 지으며 돌아서자 주유가 껄껄 웃으며 장간을 붙들었습니다.

"하하하! 농담이라네. 어서 안으로 들어오게."

주유는 장간을 자기 천막 안으로 데리고 들어갔습니다.

"옛 친구가 찾아왔으니 오늘은 마음껏 취하고 싶군."

주유는 부하에게 술상을 차리게 해서 허겁지겁 술을 마셨습니다. 주유는 저 혼자 엉뚱한 이야기만 늘어놓다가 곧 취하고 말았습니다.

"나는 취해서 먼저 자야겠네. 이야기는 내일 또 하지."

주유는 드렁드렁 코를 골며 곯아떨어졌습니다. 장간은 주유에게 하고 싶은 말을 한마디도 하지 못했습니다.

'주유를 설득하겠다고 큰소리쳤는데 이제 어쩌나?'

장간은 걱정이 되어 잠을 이룰 수 없었습니다. 그러다 문득 주유의 책상 위에 수북이 쌓인 편지를 보았습니다. 장간은 살금살금 다가가 편지를 뒤적였습니다. 겉봉에 채모의 이름이 적힌 편지가 눈에 띄었습니다.

'채모가 왜 주유에게 편지를 보냈지?'

장간은 몰래 편지를 펼쳐서 읽었습니다. 그런데 그것은

조조를 죽이고 주유를 돕겠다는 채모의 비밀 편지였습니다. 장간은 너무나 놀라서 하마터면 큰소리로 비명을 지를 뻔했습니다.

'채모가 주유의 첩자였구나! 어서 승상께 알려야겠다.'

장간은 채모의 편지를 소매 속에 감추고 몰래 천막을 빠져 나와 도망쳤습니다. 그때 주유는 잠들어 있지 않았습니다. 거짓으로 코를 골며 잠든 척했을 뿐입니다.

"장간이 내 꾀에 속았구나. 이제 채모는 죽은 목숨이야."

주유는 벌떡 일어나 소리 내어 웃었습니다. 장간이 가져 간 편지는 주유가 거짓으로 써 둔 편지였습니다.

그런 사실을 까맣게 모르는 장간은 조조에게 채모의 편지를 보여 주었습니다. 조조는 편지를 읽고 온몸을 부들부들 떨었습니다.

"이놈이 나를 죽이려 하다니. 당장 채모를 잡아다 목을 쳐라!"

조조는 편지를 북북 찢으며 고래고래 소리를 질렀습니다. 그날 채모는 조조의 부하들에게 죽임을 당했습니다.

"승상, 채모를 처치했습니다."

부하들이 조조에게 말했습니다. 그러자 조조가 갑자기

자기 이마를 손바닥으로 철썩 때렸습니다.

'아차, 내가 너무 성급했구나!'

조조는 찢어진 편지를 다시 살펴보았습니다.

'이건 채모의 글씨가 아니잖아. 내가 주유에게 속아서 채모를 죽이고 말았구나.'

조조는 몹시 후회했지만 때는 이미 늦었습니다. 조조는 자기 잘못을 인정하고 싶지 않아 부하들에게 거짓말을 했습니다.

"채모가 군사를 잘못 다스려서 내가 벌을 내렸다."

하지만 이 말을 믿는 부하는 아무도 없었습니다. 부하들은 이 일로 더욱 조조를 두려워했습니다.

주유는 채모가 죽었다는 소식을 듣자 너무나 기뻤습니다. 주유는 노숙에게 자랑스레 말했습니다.

"이번에 내가 조조에게 쓴 속임수는 그 누구도 몰랐을 것이오."

"저도 몰랐습니다. 대도독의 꾀는 정말 놀랍군요."

노숙이 칭찬하니 주유는 더욱 신이 났습니다.

"공명은 내 꾀를 알았을까요?"

"글쎄요. 제가 가서 슬쩍 물어보겠습니다."

제갈량은 장간을 속여 채모를 죽게 한 주유의 꾀를 벌써 알고 있었습니다. 주유는 자기보다 영리한 제갈량이 너무나 얄미웠습니다.

　'어디 공명이 얼마나 머리가 좋은지 한번 시험해 볼까?'

　이튿날, 주유는 제갈량을 불렀습니다. 그 자리에는 노숙과 여러 장수들이 함께 모여 있었습니다. 주유는 근심 어린 표정으로 말했습니다.

　"물에서 싸울 때에는 화살이 많이 필요합니다. 그런데 우리에게 화살이 적으니 선생께서 십만 개만 만들어 주시겠습니까?"

　"대도독이 일을 맡기셨으니 따르지요. 언제까지 만들면 됩니까?"

　"앞으로 열흘 안에 만들 수 있겠습니까?"

　이 말에 장수들이 모두 놀랐습니다. 열흘 안에는 도저히 화살 십만 개를 만들 수 없기 때문입니다. 그러나 제갈량은 태연하게 말했습니다.

　"조조가 곧 쳐들어올지도 모르니 사흘 안으로 만들어 바치겠습니다."

　제갈량의 장담이 너무 어처구니가 없어 주유가 다짐을

받으려고 했습니다.

"설마 이 주유를 놀리시는 건 아니겠지요? 전쟁을 이야기하는 자리에서 장난을 치시면 안 됩니다."

"어찌 대도독을 놀리겠습니까? 제가 만약 맡은 일을 이루지 못하면 무거운 벌도 달게 받겠습니다."

"좋습니다. 많은 장수들 앞에서 선생의 입으로 한 말이니 꼭 지키셔야 합니다."

주유는 속으로 기뻐했습니다.

'공명이 헛소리를 하는구나. 어디 두고 보자.'

이튿날 아침, 제갈량은 노숙을 찾아갔습니다.

"화살을 만들려고 하니 배 스무 척과 병사 육백 명을 빌려 주십시오."

"그런 일이라면 어렵지 않지요."

노숙은 고개를 갸웃거렸습니다.

'화살을 만들려면 참대나 쇳조각이 있어야 할 텐데?'

제갈량은 배 한 척에 병사를 삼십 명씩 태웠습니다. 그런 다음 커다란 천으로 배를 둘러싸게 했습니다. 갑판 위에는 짚단을 놓아두었습니다.

"이제 다 되었다. 병사들은 이틀 동안 푹 쉬어라."

제갈량도 배 위에서 쉬면서 이틀을 보냈습니다. 그러더니 마지막 날 밤 노숙을 찾아갔습니다.

"저와 함께 화살을 가지러 가시지요."

"도대체 이 밤중에 어디로 화살을 가지러 간단 말이오?"

노숙은 궁금해하며 제갈량과 함께 배에 올랐습니다. 제갈량은 배를 거느리고 장강을 거슬러 오르기 시작했습니다. 마침 밤안개가 자욱해서 바로 옆 사람 얼굴도 알아보기 어려웠습니다.

새벽 무렵 제갈량이 이끄는 배들은 조조의 진지 가까이에 이르렀습니다. 제갈량이 병사들에게 소리쳤습니다.

"배를 옆으로 나란히 세우고 북을 치며 고함을 질러라!"

병사들의 고함과 북소리가 울려 퍼졌습니다. 노숙이 놀라서 제갈량의 옷소매를 붙들었습니다.

"아니, 조조의 수군이 싸우러 나오면 어쩌려고 이러십니까?"

"조조는 의심이 많은 사람이라 섣불리 군사를 움직이지 않습니다. 우리는 천천히 술이나 마시다가 안개가 걷히거든 돌아가지요."

그때 조조는 고함 소리와 북소리를 들었습니다. 하지만

짙은 안개 때문에 적이 어디에 얼마나 있는지 알 수 없었습니다.

"안개 속에 적들이 얼마나 숨어 있는지 모르니 나가지 말고 소리 나는 쪽으로 활을 쏘아라!"

조조의 병사들은 무턱대고 활을 쏘아 댔습니다. 어둠 속으로 셀 수 없이 많은 화살이 날아갔습니다.

화살은 나란히 늘어선 배들에 날아와 박혔습니다. 배를 둘러싼 천에도, 갑판 위 짚단에도 화살이 떨어졌습니다. 그 사이 제갈량과 노숙은 잔을 부딪치며 흥겹게 술을 마셨습니다.

어느덧 아침이 되자 안개도 조금씩 엷어지기 시작했습니다.

"이제 돌아가자. 떠나기 전에 고맙다는 인사를 보내라."

제갈량이 밝아 오는 동녘 하늘을 보며 외쳤습니다. 병사들이 신이 나서 우렁차게 소리를 질렀습니다.

"승상, 이렇게 많은 화살을 주셔서 감사합니다!"

이 소리를 듣고 조조는 분해서 어쩔 줄을 몰랐습니다.

돌아가는 배 위에서 제갈량이 노숙에게 말했습니다.

"대도독이 나를 시험한다는 것을 이미 알고 있었습니다.

하지만 나는 대도독을 미워하지 않아요. 우리는 서로 믿고 힘을 합쳐 조조를 이겨야 합니다.”

이 말에 노숙은 부끄러워서 고개를 숙였습니다.

제갈량이 진지로 돌아오자 주유가 보낸 병사들이 기다리고 있었습니다.

제갈량이 병사들에게 말했습니다.

“배 한 척에 화살이 오천 개는 넘을 것이오. 화살을 뽑아서 대도독께 바치시오.”

과연 화살은 십만 개도 넘었습니다. 주유는 입이 떡 벌어져 아무 말도 하지 못했습니다.

‘나는 도저히 공명을 이기지 못하겠다. 공명은 참으로 뛰어난 사람이구나.’

마침내 주유는 마음속으로 제갈량에게 항복했습니다.

주유는 화살 십만 개를 얻고 더욱 힘이 솟았습니다. 그래서 제갈량을 불러 잔치를 베풀며 진심으로 칭송했습니다. 한창 잔치 분위기가 무르익자 주유가 제갈량에게 물었습니다.

“이제 조조와 싸워야겠습니다. 좋은 작전이 없을까요?”

“마침 한 가지 좋은 생각이 있습니다.”

"그래요? 나도 생각해 둔 작전이 있습니다. 선생께서 먼저 말씀해 보십시오."

주유는 귀가 솔깃하여 제갈량의 곁으로 바싹 다가앉았습니다. 제갈량이 살짝 미소를 지었습니다.

"그럼 서로의 생각을 손바닥에 써서 맞추어 볼까요?"

두 사람은 붓으로 손바닥에 글자를 쓰고 동시에 내보였습니다. 똑같이 '불 화(火)'라는 글자가 씌어 있었습니다.

"하하하, 선생께서도 화공 작전을 생각하고 계셨군요."

화공은 불로 적을 공격하는 것입니다. 두 사람은 큰 소리로 웃었습니다.

제갈량이 자기 생각을 말했습니다.

"저는 이미 두 번이나 화공 작전으로 조조를 크게 이겼습니다. 이번에도 불을 써야 조조를 이길 수 있습니다."

"선생께서는 이 작전을 아무에게도 말하지 마십시오."

제갈량과 주유는 비밀을 굳게 지키기로 다짐했습니다.

그러던 어느 날 밤, 황개라는 장수가 주유를 찾아왔습니다. 황개는 주유에게 조용히 말을 꺼냈습니다.

"조조의 군사가 우리보다 많으니 이대로 싸우면 이기기 어렵습니다. 화공 작전을 써야 조조를 이길 수 있습니다."

주유가 눈을 휘둥그렇게 뜨며 생각을 털어놓았습니다.

"나도 오래전부터 화공 작전을 생각하고 있었소. 그런데 화공 작전이 성공하려면 조조가 마음을 놓게 만들어야 합니다."

"저에게 시켜만 주시면 무슨 일이든지 하겠습니다."

"고맙구려. 하지만 아주 힘들고 괴로운 일이오."

"저는 목숨을 바쳐 손권 장군의 은혜를 갚고 싶습니다."

주유는 크게 기뻐하며 황개의 손을 꼭 쥐었습니다.

"나는 고육책을 써서 조조를 속여 보려고 하오."

'고육책'이란 적을 속이기 위해 제 몸을 괴롭히면서 짜 내는 속임수를 말합니다.

두 사람은 서로 머리를 맞대고 무언가 소곤거리고 나서 헤어졌습니다.

이튿날 아침, 주유는 장수들을 한곳에 모았습니다. 그 자 리에는 제갈량도 있었습니다. 주유는 장수들에게 명령했 습니다.

"조조가 백만 대군을 거느리고 있으니 하루아침에 쳐부 술 수 없소. 여러 장수들은 세 달 치 양식과 말먹이를 받아 서 적을 무찌를 준비를 하시오."

주유의 말이 끝나기 무섭게 황개가 앞으로 나서며 말했습니다.

"세 달이 아니라 서른 달을 쓸 양식과 말먹이를 받더라도 쓸모가 없습니다. 이달에 적을 무찌르지 못하면 차라리 항복하는 게 낫습니다."

그러자 주유가 칼을 뽑으며 소리를 질렀습니다.

"감히 내 명령을 거역해서 우리 군사의 사기를 꺾으려하다니. 당장 이놈을 끌어내 목을 베라!"

장수들이 놀라서 주유 앞에 무릎을 꿇었습니다.

"황개는 충성스러운 장수입니다. 부디 용서해 주십시오."

장수들이 애원했지만 주유는 화를 풀지 않았습니다.

"그렇다면 그 대신 황개에게 곤장 백 대를 쳐라!"

병사들이 황개를 끌어내 곤장을 때리기 시작했습니다. 장수와 신하들이 주유에게 다시 용서를 빌자 황개는 곤장 오십 대를 맞고 겨우 풀려났습니다. 황개의 온몸은 살가죽이 터지고 피가 흘렀습니다.

황개는 기절한 채로 수레에 실려서 자기 천막으로 돌아갔습니다. 그 모습을 보고 사람들이 모두 눈물을 흘렸습니다.

황개는 밤이 되어서야 겨우 정신을 차렸습니다. 여러 장수들이 황개를 찾아와 위로했습니다.

"충성스러운 장군에게 어떻게 이럴 수 있단 말이오!"

하지만 황개는 끙끙 앓는 소리만 낼 뿐 아무 대꾸도 하지 않았습니다. 그때 싸움에서 꾀를 내는 신하인 감택이 황개를 위문하러 왔습니다. 황개는 장수들을 돌아가게 하고 감택을 가까이 오게 해서 이야기를 나누었습니다.

감택이 물었습니다.

"황장군은 대도독과 원수진 일이 있소?"

"아니, 없소."

그러자 감택이 알겠다는 듯 말했습니다.

"황장군이 매를 맞은 건 고육책이로군요."

황개는 살며시 미소 지으며 감택에게 자기 속마음을 솔직하게 털어놓았습니다.

"맞소. 오늘 내가 맞은 것은 조조를 속이려는 고육책이오. 내가 조조에게 거짓으로 항복하는 편지를 썼으니 갖다 주고 올 수 있겠소?"

황개와 감택은 서로를 아끼는 사이였습니다. 황개는 감택의 말솜씨와 용기를 잘 알기 때문에 이 일을 성공시킬 수 있으리라 믿었습니다.

"염려 마시오. 황장군이 몸을 바쳐 주공의 은혜에 보답하려는 마당에 어찌 이 보잘것없는 사람이 목숨을 아끼겠소."

감택은 황개의 부탁을 당연하다는 듯 들어주었습니다.

감택은 어부로 변장하고서 혼자 배를 타고 조조에게 갔습니다. 감택은 조조에게 황개가 억울하게 맞은 일을 이야기했습니다. 그리고 황개가 보낸 항복 편지를 바쳤습니다. 조조는 의심스러운 눈초리로 황개의 편지를 읽었습니다.

승상!

지금 강동의 장수들은 승상을 몹시 두려워하고 있습니다. 오직 주유만이 혼자 잘난 체하며 승상과 싸우려고 합니다.

저는 아무 죄도 없이 주유에게 맞아 죽을 뻔했습니다. 너무나 분해 승상께 항복하려고 합니다.

곧 군사를 이끌고 승상께 가겠습니다. 군량과 무기도 훔쳐서 바치겠습니다. 부디 저를 부하로 받아 주십시오.

조조는 편지를 읽고 버럭 화를 냈습니다.

"이 편지는 거짓이다. 저놈을 당장 끌어내라!"

하지만 감택은 조금도 겁내지 않고 껄껄 웃었습니다.

"이제 보니 조조는 사람을 믿지 못하는 졸장부로구나."

"감히 어디서 나를 비웃느냐! 편지에 언제 온다는 말이 없으니 믿을 수 없다."

"도둑이 언제 도둑질을 하겠다고 말하는 걸 보았느냐? 황개 장군은 비밀이 샐까 봐 그런 것인데, 참으로 어리석구나!"

감택은 겁도 없이 마구 지껄였습니다. 그러자 조조가 갑자기 부드러운 목소리로 말했습니다.

"내가 큰 잘못을 저지를 뻔했소. 나를 용서하시오."

"제가 어찌 감히 승상께 거짓말을 하겠습니까. 저와 황개 장군은 하늘의 뜻에 따라 승상을 모시려고 하는 것뿐입니다."

감택도 금방 공손해져 조조가 들으면 기분 좋을 말들을 했습니다.

이때 조조가 주유의 진지에 몰래 보낸 첩자가 편지를 보내왔습니다. 조조는 심부름꾼이 가져온 편지를 읽더니 매우 기뻐했습니다. 그 편지에도 황개가 주유에게 대들다가 벌을 받은 사실이 적혀 있었습니다.

조조가 감택에게 말했습니다.

"그대는 어서 돌아가시오. 황개 장군에게 가거든 언제 올 것인지 날짜를 정해서 다시 알려 주시오."

감택은 조조가 단단히 자기와 황개 장군을 믿게 하려고 일부러 돌아가지 않겠다고 버텼습니다.

"저는 이제 강동으로 돌아가지 않겠습니다. 승상께서는 다른 사람을 보내시기 바랍니다."

"다른 사람이 가면 비밀이 샐까 봐 그러는 것이오."

조조가 몇 번을 더 권한 끝에 감택은 못 이기는 척하며 강동으로 돌아갔습니다.

감택은 서둘러 황개를 찾았습니다. 황개는 감택의 말을 듣고 조조에게 거짓 편지를 썼습니다. 적당히 기회를 봐서 뱃머리에 용 그림이 그려진 깃발을 꽂고 가겠다는 내용이 었습니다.

감택은 다시 조조에게 황개의 편지를 전하고 돌아와 주유를 찾아갔습니다.

"대도독, 조조가 우리의 고육책에 넘어갔습니다."

감택의 이야기를 들은 주유는 몹시 좋아했습니다.

주유가 이번에는 노숙을 불러 말했습니다.

"어서 방통 선생을 불러 주십시오."

방통은 본래 형주 사람으로 제갈량과 친구 사이입니다. 사람들은 방통을 가리켜 봉추 선생이라고 불렀습니다. 그러니까 예전에 수경 선생이 유비에게 말한 와룡과 봉추 가운데 봉추가 바로 방통입니다.

방통은 제갈량처럼 꾀가 많고 머리가 좋은 사람입니다. 그래서 주유는 방통을 만나 조조와 싸울 일을 의논하려고 하는 것입니다.

주유는 방통이 오자 반기며 물었습니다.

"어떻게 하면 화공 작전이 성공할까요?"

"연환계를 써야지요."

"연환계?"

방통의 대답에 주유가 의아해했습니다.

"여러 배들을 고리로 이어 흩어지지 않게 하는 꾀가 바로 연환계입니다. 배 하나에 불이 붙이면 다른 배들이 사방으로 흩어져 화공 작전이 성공하지 못하지만, 연환계를 쓰면 조조의 배들을 모조리 불태울 수 있습니다."

주유는 방통의 꾀에 크게 감탄했습니다.

"어떻게 하면 조조의 배를 한데 붙들어 맬 수 있습니까?"

"제가 조조를 속여 보겠습니다."

"그렇게 해 주신다면 고맙겠습니다."

주유는 방통에게 거듭 인사를 했습니다.

"모두가 다 나라를 위해 역적을 물리치자고 하는 일입니다. 오늘 당장 떠나겠습니다."

방통은 곧장 조조를 찾아갔습니다. 조조는 방통이 찾아왔다는 말을 듣고 맨발로 달려 나갔습니다.

"선생, 어서 안으로 드십시오. 오래전부터 선생의 이름을 들었습니다."

조조는 학식 있는 선비를 무척이나 아꼈습니다. 그래서 방통이 오자 몹시 기뻐했습니다. 방통은 조조와 마주 앉았습니다.

"천하의 영웅인 승상의 얼굴을 뵙고 싶어 찾아왔습니다."

"몸소 찾아 주셨으니 부디 좋은 가르침을 주십시오."

"그렇다면 저에게 병사들을 구경시켜 주십시오."

"물론입니다. 언덕에 올라가 살펴보십시오."

조조는 방통과 말을 타고 언덕으로 올라갔습니다. 조조의 진지와 병사들이 한눈에 내려다보였습니다.

방통이 여기저기 꼼꼼하게 살펴보더니 말했습니다.

"승상께서는 들던 대로 군사를 아주 잘 다스리시는군요.

주유 같은 조무래기야 한 번에 이길 수 있겠습니다."

조조는 칭찬을 듣자 좋아서 어쩔 줄을 몰랐습니다.

"칭찬만 하지 마시고 부디 좋은 작전을 일러 주십시오."

그러자 방통이 한참 생각에 잠겼다가 조조에게 물었습니다.

"승상의 병사들은 본래 땅에서 싸우던 육군이지요?"

"그렇습니다."

"혹시 몸이 아픈 병사들이 많지 않습니까?"

"예, 지금 많은 병사들이 뱃멀미를 하고 몸이 아픕니다. 무슨 좋은 수가 없을까요?"

그러자 방통은 빙그레 미소를 지었습니다.

"육군이 배를 타니 그런 병이 생기지요. 병을 없앨 수 있는 방법이 있습니다. 배를 한데 모아서 붙들어 매고 그 위에 넓은 판자를 깔아 놓으십시오. 그러면 판자 위가 마치 땅처럼 됩니다."

"그렇게 하면 뭐가 좋습니까?"

의심 많은 조조가 물었습니다. 방통은 고개를 끄덕이며 거침없이 대답했습니다.

"배가 물결에 출렁이지 않아 병사들이 뱃멀미를 하지 않을뿐더러 넓은 판자 위로 병사와 말이 마음대로 다닐 수 있지요. 또한 아무리 높은 파도에도 배가 뒤집힐 염려가 없습니다."

조조는 무릎을 치며 좋아했습니다.

"선생 덕분에 이제 주유를 이긴 것이나 다름없습니다. 정말 고맙습니다."

조조는 당장 장수들을 불러 명령을 내렸습니다.

"오늘 안으로 배들을 서로 묶고 그 위에 판자를 깔아라."

조조의 병사들은 쇠고리와 커다란 못을 만들어 배를 한데 묶었습니다. 그리고 그 위로는 넓은 판자를 깔았습니다.

"와, 정말 배 위가 땅처럼 되었네. 이제 뱃멀미는 하지 않겠구나."

병사들은 너도나도 좋아했습니다. 어떤 병사는 판자 위로 말을 타고 달리기도 했습니다. 방통이 이 모습을 보고 남몰래 미소를 지었습니다.

'조조, 너는 이제 망했다. 어서 여기를 빠져 나가야지.'

방통은 또 조조에게 그럴듯한 말을 했습니다.

"지금 강동에는 주유를 미워하는 장수들이 많습니다. 제가 그들을 달래서 승상께 항복하도록 하겠습니다."

조조가 기뻐하며 허락하자 방통은 서둘러 배를 타고 강동으로 떠났습니다.

모든 일이 주유가 꾸민 대로 진행되고 있었습니다. 조조는 그것도 모르고 혼자서 즐거워했습니다.

'이제 머지않아 한나라는 모두 내 것이 되겠구나.'

- 3권으로 이어집니다.

또 다른 이름, 자(字)

삼국지에는 유비·관우·장비 등 수많은 영웅들이 등장합니다. 그런데 이들에게는 흥미로운 점이 있습니다. 유비는 '유비'라는 본명 외에 '현덕'이라는 자를, 관우는 '운장', 장비는 '익덕'이라는 자를 갖고 있습니다.

자는 보통 집안 어른이나 선생님이 지어 주었는데, 본명과 관련이 있거나 이러한 사람이 되면 좋겠다는 소망이 담겨 있습니다. 제갈량의 자인 '공명(孔明)'은 '매우 밝게 빛나다'라는 뜻으로 본명인 량(亮: 밝을 량)과 같은 뜻을 가졌고, 유비의 자인 '현덕(玄德)'은 '덕을 갖추다'라는 뜻으로 백성을 보살피고 덕을 베푸는 사람이 되기를 바라는 마음을 짐작할 수 있습니다. 자는 그 사람의 성격이나 특징을 나타내기도 하는데, 슬기롭고 꾀가 많은 손권의 자인 '중모(仲謀)'는, '둘째 아들로 계획을 세우는 데 뛰어난 사람'이라는 뜻입니다.

이름	자	한자	이름	이름	자	한자	이름
조조	맹덕	孟(맏 맹)	德(덕 덕)	유비	현덕	玄(깊을 현)	德(덕 덕)
관우	운장	雲(구름 운)	長(길 장)	장비	익덕	益(더할 익)	德(덕 덕)
손권	중모	仲(둘째 중)	謀(꾀할 모)	제갈량	공명	孔(심할 공)	明(밝을 명)

천하 통일의 계획을 설명한 제갈량

한나라 말, 유비는 어지러운 나라를 구하기 위해 관우·장비와 함께 일어섰지만 지혜로서 자신을 도울 뛰어난 인재가 없었던 탓에 20년이 되도록 뜻을 이루지 못했습니다. 이에 유비는 사마휘의 추천으로 '와룡(누운 용)'이라 불리던 제갈량을 만나게 됩니다. 제갈량은 유비를 만난 자리에서 마음속에 담아 두었던 천하 통일의 계획을 이야기해 주었습니다.

▲ 〈융중대〉를 설명하는 제갈량

– 지금 조조는 백만 대군을 거느리고 천자(天子:왕)를 위협하며 제후들을 호령하고 있습니다. 그러므로 절대 그와 다투어서는 안 됩니다. (중략) 손권은 삼 대째 강동을 차지하고 있습니다. 우리에게 도움이 될 수는 있어도 무찌르기는 어렵습니다. (중략) 만약 장군께서 형주와 익주를 차지하고 이를 지키며 서쪽과 남쪽으로는 오랑캐와 친하게 지내고, 또 손권과 손잡고 나랏일에 힘쓴 뒤 좋은 기회가 생긴다면, 직접 군대를 거느리고 나아가십시오. 그렇게 하신다면 천하를 차지할 수 있을 것이요, 한나라 황실은 다시 일어날 수 있을 것입니다.

　이것이 바로 〈융중대〉라는 글입니다. 제갈량은 백만 대군을 거느린 조조와 강동에 튼튼하게 자리잡은 손권에 대적하기 위해서는 비교적 세력이 약한 형주와 익주를 먼저 차지하는 것이 바람직하다고 생각한 것입니다. 이를 들은 유비는 매우 기뻐하며 제갈량을 자신의 군사(軍師: 군사 작전을 짜는 사람)로 모셨고, 이 계획에 따라 차근차근 천하 통일을 향해 나아갔습니다.

제갈량 동상 ▶
오늘날 호북성 양양의 고융중에 있는 제갈량 동상.
이곳에서 제갈량이 청년 시절을 보냈다.

三 顧 草 廬 (삼고초려)
석 삼   돌아볼 고   풀 초   오두막집 려

   한나라와 백성을 위해 앞장선 유비는 관우와 장비를 비롯해 여러 훌륭한 장수를 데리고 있으면서도 전투에서 번번이 패해 오랫동안 여기저기를 떠돌아다녔습니다. 조조, 손권과 달리 적을 이길 수 있는 전술과 전략을 알려 주는 지혜로운 부하가 곁에 없었기 때문입니다.

   이에 유비는 제갈량을 찾아갔으나, 매번 만나지 못하다가 세 번째에 이르러서야 간신히 만날 수 있었습니다. 제갈량은 자신을 만나기 위해 세 번이나 찾아온 유비의 진심에 감동 받아 유비를 주인으로 섬겼고, 그때부터 유비는 세력을 떨치며 촉나라를 세우게 됩니다.

   만약 유비가 제갈량 앞에서 자존심을 내세우거나 칼을 들고 위협해 자기편으로 만들려고 했다면, 과연 제갈량이 진심으로 유비를 따랐을까요? 이처럼 뛰어난 인재를 얻기 위해 참을성을 가지고 정성을 다해 노력하는 것을 가리켜 '삼고초려'라 합니다.

▲ 제갈초려
고융중에 있는 제갈초려. '제갈량이 살던 초가집'이라는 뜻으로, 융중에서 생활하던 때의 모습을 되살려 놓았다.

▲ 삼고당
유비가 제갈량을 세 번째 찾아가 겨우 만났을 때 제갈량이 유비를 맞이한 곳. 삼고란 '세 번 돌아본다'는 뜻이다.

원소와 조조가 대결한 관도대전

▲ 관도대전터
원소는 나날이 세력이 커지는 조조를 무너뜨리기 위해 대군을 이끌고 관도를 공격했지만, 결국 조조에게 패하고 말았다.

삼국 시대 초기인 서기 200년, 원소는 70만 대군으로 관도에 있던 조조의 10만 대군을 공격했습니다. 양쪽은 흙으로 산을 쌓고, 땅굴을 파고, 돌을 발사하는 무기를 만들어 힘껏 싸웠습니다. 하지만 조조의 군대는 원소의 군대보다 병사가 적은 데다가 식량마저 부족해 점점 궁지에 몰리게 되었습니다.

이때 원소 밑에 있던 허유는 원소를 배신하고 조조에게 가서 원소군의 식량이 보관된 곳을 가르쳐 주었습니다. 조조는 이때다 하고 그곳을 몰래 습격했지요. 서로를 믿지 못하게 된 원소의 군대는 갈라져 싸움을 계속하다 결국 조조군에게 지고 말았습니다.

조조군보다 10배나 많은 병사를 가진 원소가 패한 이유는 무엇일까요? 원소는 부하의 말을 귀담아듣지 않았을 뿐 아니라 부하를 믿지 않아 배신하는 장수가 많았습니다. 반면 조조는 원소의 대군에 기죽지 않고 새로운 무기를 만들고 적은 병력을 이용해 기습 공격을 했습니다. 관도대전은 전쟁은 병사의 수로 하는 것이 아니고, 주어진 상황을 얼마나 잘 이용하느냐에 따라 결과가 달라질 수 있다는 사실을 보여 준 전투입니다.

▲ 관도대전터의 조조 동상

2권 인물 관계도

유비
- **장수** 관우, 장비, 조운, 주창, 관평
- **참모** 제갈량, 서서, 미축, 손건, 진등, 미방, 간옹

아들
유선, 유봉

형주에서 힘을 키우던 유비,
조조의 공격을 받고 쫓기다.

손권,
조조가
두려워
유비와
손을 잡다.

조조
- **장수** 하후돈, 하후연, 조인, 조홍, 우금, 악진, 허저, 서황, 장요, 유대, 왕충, 이전, 장합, 고남, 모개
- **참모** 순욱, 정욱, 순유, 허유, 만총, 유엽

손책 ─ 아버지 ─ **손견**

형

손권
- **장수** 주유, 황개, 정보, 태사자, 한당, 감녕, 능통
- **참모** 노숙, 장소, 제갈근, 감택

원소
- **장수** 문추, 안량
- **참모** 전풍, 저수, 곽도

아들
원담, 원희, 원상

원소, 관도에서
조조와
크게 싸우다.

유표
- **장수** 채모, 위연, 여공
- **참모** 괴월, 이적

아들
유기, 유종

유비, 조조에게 쫓겨
형주의 유표에게 피하다.

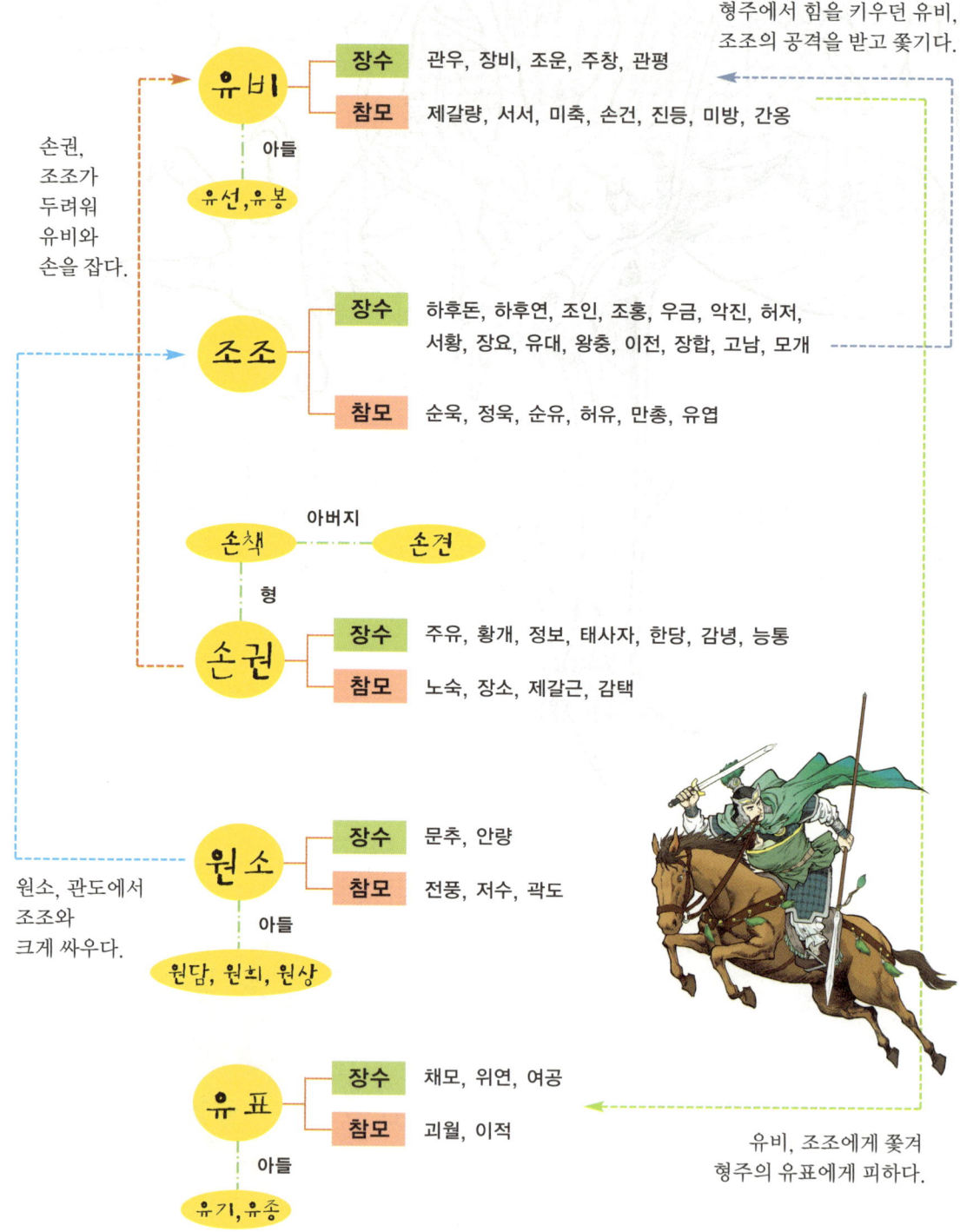

황하

백마

관도

낙양

허도

유비가 허도에 머물며
조조에게 속마음을 숨기다.

장안

신야

번성

양양에서 유비가
단계를 건너다.

융중

양양

유비가 융중 와룡강으로
제갈량을 세 번 찾아가다.

장판

강하

강릉
(형주성)

번구

공안
(유강구)

적벽

장비가 장판교에서 홀로
조조의 대군을 물리치다.

제갈량의 지혜로
손권이 조조와 싸우다.